读者丛书

DUZHE CONGSHU

穿越丝绸之路与你重逢

读者丛书编辑组 / 编

读者出版传媒股份有限公司
甘肃人民出版社

图书在版编目（CIP）数据

穿越丝绸之路与你重逢 / 读者丛书编辑组编. -- 兰州 : 甘肃人民出版社，2019.4
（读者丛书. 人文甘肃读本）
ISBN 978-7-226-05434-5

Ⅰ. ①穿… Ⅱ. ①读… Ⅲ. ①散文集一中国一当代 Ⅳ. ①I267

中国版本图书馆CIP数据核字(2019)第069755号

总 策 划：马永强　李树军
项目统筹：李树军　党晨飞
策划编辑：党晨飞
责任编辑：李依璇
封面设计：久品轩

穿越丝绸之路与你重逢
读者丛书编辑组　编
甘肃人民出版社出版发行
(730030　兰州市读者大道568号)
甘肃新华印刷厂印刷
开本 787毫米×1092毫米　1/32　印张 6.125　插页 2　字数 123 千
2019年4月第1版　2019年4月第1次印刷
印数：1~5 050
ISBN 978-7-226-05434-5　定价：24.00元

目 录
CONTENTS

沙原隐泉

余秋雨

沙漠中也会有路的，但这儿没有。远远看去，有几行歪歪扭扭的脚印。顺着脚印走罢，但不行，被人踩过了的地方，反而松得难走。只能用自己的脚，去走一条新路。回头一看，为自己长长的脚印高兴。不知这行脚印，能保存多久？

挡眼是几座巨大的沙山。只能翻过它们，别无他途。上沙山实在是一项无比辛劳的苦役。刚刚踩实一脚，稍一用力，脚底就松松地下滑。用力越大，陷得越深，下滑也越加厉害。才踩几脚，已经气喘，浑身恼怒。我在浙东山区长大，在幼童时已能欢快地翻越大山。累了，一使蛮劲，还能飞奔峰巅。这儿可万万使

月牙泉

不得蛮劲。软软的细沙，也不硌脚，也不让你碰撞，只是款款地抹去你的全部气力。你越发疯，它越温柔，温柔得可恨之极。无奈，只能暂息雷霆之怒，把脚底放轻，与它厮磨。

要腾腾腾地快步登山，那就不要到这儿来。有的是栈道，有的是石阶，千万人走过了的，还会有千万人走。只是，那儿不给你留下脚印，属于你自己的脚印。来了，那就认了罢，为沙漠行走者的公规，为这些美丽的脚印。

心气平和了，慢慢地爬。沙山的顶越看越高，爬多少它就高多少，简直像儿时追月。已经担心今晚的栖宿。狠一狠心，不宿也罢，爬！再不理会那高远的目标了，何必自己惊吓自己。它总在的，不看也在。还是转过头来看看自己已经走过的路罢。我竟然走了那么长，爬了那么高。脚印已像一条长不可及的绸带，平静而飘逸地划下了一条波动的曲线，曲线一端，紧系脚下。完全是大手笔，不禁钦佩起自己来了。不为那山顶，只为这已经划干的曲线，爬。不管能抵达哪儿，只为已耗下的生命，爬。无论怎么说，我始终站在已走过的路的顶端。永久的顶端，不断浮动的顶端，自我的顶端，未曾后退的顶端。沙山的顶端是次要的。爬，只管爬。

脚下突然平实，眼前突然空阔，怯怯地抬头四顾，山顶还是被我爬到了。完全不必担心栖宿，西天的夕阳还十分灿烂。夕阳下的绵绵沙山是无与伦比的天下美景。光与影以最畅直的线条流泻着分割，金黄和黛赭都纯净得毫无斑驳，像用一面巨大的筛子筛过了。日夜的风，把山脊、山坡塑成波荡，那是极其款曼平适的波、不含一丝涟纹。于是，满眼皆是畅快，一天一地都被铺排得大大方方、明明净净。色彩单纯到了圣洁，气韵委和到了崇高。为什么历代的僧人、俗民、艺术家要偏偏选中沙漠沙山来倾泻自己的信仰，建造了莫高窟、榆林窟和其他洞窟？站在这儿，我懂了。我把自身的顶端与山的顶端合在一起，心中鸣起了天乐般的梵呗。

刚刚登上山脊时，已发现山脚下尚有异相，舍不得一眼看全。待放眼鸟瞰一过，此时才敢仔细端详。那分明是一湾清泉，横卧山底。动用哪一个藻饰词汇，都会是对它的亵渎。只觉它来得莽撞，来得怪异，安安静静地躲坐在本不该有它的地方，让人的眼睛看了很久还不大能够适应。再年轻的旅行者，也会像一位年迈慈父责斥自己深深钟爱的女儿一般，道一声：你怎么也跑到这里！

是的，这无论如何不是它来的地方。要来，该来一道黄浊的激流，但它是这样的清澈和宁谧。或者，干脆来一个大一点的湖泊，但它是这样的纤瘦和婉约。按它的品貌，该落脚在富春江畔，雁荡山间，或是从虎跑到九溪的树荫下。漫天的飞沙，难道从未把它填塞？夜半的飓风，难道从未把它吸干？这里可曾出没过强盗的足迹，借它的甘泉赖以为生？这里可曾蜂聚过匪帮的马队，在它身边留下一片污浊？

我胡乱想着，随即又愁云满面。怎么走近它呢？我站立峰巅，它委身山底；向着它的峰坡，陡峭如削。此时此刻，刚才的攀登，全化成了悲哀。向往峰巅，向往高度，结果峰巅只是一道刚能立足的狭地。不能横行，不能直走，只享一时俯视之乐，怎可长久驻足安坐？上已无路，下又艰难，我感到从未有过的孤独与惶恐。世间真正温煦的美色，都熨帖着大地，潜伏在深谷。君临万物的高度，到头来只构成自我嘲弄。我已看出了它的讥谑，于是急急地来试探下削的陡坡。人生真是艰难，不上高峰发现不了它，上了高峰又不能与它近乎。看来，注定要不断地上坡下坡、上坡下坡。

咬一咬牙，狠一狠心。总要出点事了，且把脖子缩紧，歪扭着脸上肌肉把脚伸下去。一脚，再一脚，整个骨骼都已准备好了一次重重的摔打。然而，奇了，什么也没有发生。才两脚，已哧溜下去好几米，又站得十分稳当。不前摔，也不后仰，一时变作了高加索山头上的普罗米修斯。再稍用力，如入慢镜头，跨步着舞蹈，只十来下就到了山底。实在惊呆了：那么艰难地爬了几个时辰，下来只是几步！想想刚才伸脚时的悲壮决心，哑然失笑。康德所说的滑稽，正恰是这种情景。

来不及多想康德了，急急向泉水奔去。一湾不算太小，长可三四百步，中间最宽处，相当一条中等河道。水面之下，飘动着丛丛水草，使水色绿得更浓。竟有三只玄身水鸭，轻浮其上，带出两翼长长的波纹。真不知它们如何飞越万里关山，找到这儿。水边有树，不少已虬根曲绕，该有数百岁高龄。总之，一切清泉静池所应该有的，这儿都有了。至此，这湾泉水在我眼中又变成了独行侠，在荒漠的天地中，全靠一己之力，张罗出了一个可人的世界。

树后有一陋屋，正迟疑，步出一位老尼。手持悬项佛珠，满脸皱纹布得细密而宁静。她告诉我，这儿本来有寺，毁于20年前。我不能想象她的生活来源，讷讷动问，她指了指屋后一路，淡淡说：会有人送来。我想问她的事情自然很多，例如为何孤身一人，长守此地？什么年岁，初来这里？终于觉得对于佛家，这种追问过于钝拙，掩口作罢。眼光又转向这脉静池。答案应该都在这里。

茫茫沙漠，滔滔流水，于世无奇。唯有大漠中如此一湾，风沙中如此一静，荒凉中如此一景，高坡后如此一跌，才深得天地之韵律、造化之机巧，让人神醉情驰。以此推衍，人生、世界、历史，莫不如此。给浮嚣以宁静，给躁急以清冽，给高蹈以平实，给粗犷以明丽。唯其这样，人生才见灵动，世界才显精致，历史才有风韵。然而，人们日常见惯了的，都是各色各样的单向夸张。连自然之神也粗粗糙糙，懒得细加调配，让人世间大受其累。

因此，老尼的孤守不无道理。当她在陋室里听够了一整夜惊心动魄的风沙呼啸，明晨，即可借明静的水色把耳根洗净。当她看够了泉水的湛绿，抬头，即可望望粲然的沙壁。

——山，名为鸣沙山；泉，名为月牙泉。皆在敦煌县境内。

（摘自长江文艺出版社《文化苦旅》一书）

夜半逾城

三　毛

敦煌的夜晚，在旅馆客厅里跟海涛、伟文等几个朋友坐了一会儿。我变得沉静，海涛几次目视我，悄悄对我说："三毛，去睡。"

其实我正在紧张，潜意识里相当紧张。

明天就是面对莫高窟那些千年洞穴和壁画的日子。

那一夜，独自在房间里，对着一件全新的毛线衣——石绿色，那种壁画上的绿，静静地发愣。天，就这么亮了。

三五个人过来问我："三毛，兵马俑和莫高窟比起来你怎么想呢?"

我说："古迹属于主观的喜爱，不必比的。严格说来，我认为，那是帝王的兵马俑，这是民间的莫高窟。前者是个人野心和欲望的完成，后者满含着人民对苍天谦卑的祈福、许愿和感恩。敦煌莫高窟连绵兴建了接近一千年，自从前秦苻坚建元二年，也就是公元 366 年开始……"

我突然发觉在听我讲话的全是甘肃本地人，我一下子红了脸，停住了。

其实，讲的都是历史和道理。那真正的神秘感应，不在莫高窟，自己灵魂深处的密码，才是开启它的钥匙。

在我们往莫高窟开去的时候，我悄悄对伟文说："你得帮我了，伟文，你是敦煌研究所的人。待会儿，我要一个人进洞子，我要安安静静地留在洞子里。并不敢指定要哪几个窟，我只求你把我跟参观的人隔开，我没有功力混在人群里面对壁画和彩塑，还没有完全走到这一步。求求你了……"

"今天对我是一个很重要的日子。"我又说。

当莫高窟连绵的洞穴出现在车窗外时，一阵眼热，哭了。

当那位西北姑娘，研究所里工作的小马——马育红，为我把第一扇洞穴的门轻轻打开时，我迟疑了几秒钟。"要我为你讲解吗?"小马亲切地问。"我持续看过很多年有关莫高窟的书，还有图片。"我说，伟文拉了她一下。我慢慢走进去，把门和阳光都关在外面了。

我静静站在黑暗中。我深呼吸，再呼吸，再呼吸。

我打开了手电筒，昏黄的光环下，出现了环绕七佛的飞天、舞乐、天龙八部、胁侍菩萨。我看到画中灯火辉煌、歌舞翩跹、繁华升平、管弦丝竹、宝池荡漾——壁画开始流转起来。

我仰望菩萨的面容，用不着手电筒了，菩萨脸上大放光明，眼神无比慈爱，我感应到菩萨将左手移到我的头上轻轻抚过。

菩萨微笑：你哭什么？

我说：苦海无边。

菩萨又说：你悟了吗？

我不能回答，一时间热泪狂流出来。

我在弥勒、菩萨的脚下哀哀痛哭不肯起身。

又听见说：不肯走，就来吧。

我说：好。

这时候，心里的尘埃被冲洗得干干净净，我跪在光光亮亮的洞里，再没有了激动的情绪。多久时间过去了我不知道。

请菩萨安排，感动研究所，让我留下来做一个扫洞子的人。我说。

菩萨叹了口气：不在这里。你去人群里再过过，不要拒绝他们。放心放心，再有你来的时候。

我又坐了一会。

菩萨说：来了就好，现在去吧。

伟文说："走了，去我们所里吃中饭。"

我笑说："唉。"

跟伟文在食堂里吃过了中饭，研究所里的女孩子们请我去她们宿舍坐坐，我满含感激地答应了。

往宿舍去的小路上，一个工作人员跑上来拦住我，好大声地说：“三毛，我得谢谢你，当初我媳妇儿嫌我收入不高，又在这个远离人烟的地方工作，不肯答应我的求婚，后来她看了你的书，受到了感动，就嫁给我了。现在呀，胖儿子都有了，谢谢你这大媒。”

我握住这个人的双手，眼里充满了笑意。

“远离人烟吗？真的。就我们所里这一百多人住在这里，一星期进一次城。冬天游客不来了，更是安静。”一个会讲德语的女孩子说，她是接待员。

“想离开吗?”我靠在床上问她们。

“想过。真走到外边去，又想回来。这是魔鬼窟哦——爱它又恨它，就是离不开它。”

我摇摇头，说：“明天要去吐鲁番了，舍不得。”

女孩们说：“那就留下来。”

我用衣袖蒙住了眼睛，说：“来了就好，现在得去，没有办法。”

黄昏了，我们在莫高窟外面大泉河畔的白杨树林里慢慢地走，伟文不说什么话，包括下午我们再进了一个洞，爬架子，爬到高台去看他的临摹，他都不大讲话。我们实不必说什么，感应就好了。

“那边一个山坡，我们爬上去。”伟文说。

我其实累了，可是想：伟文不可能不明白我身体的状况，我想他带我去的地方，必然是有含义的。

我们一步一步往那黄土高地上走去，夕阳照着坡上坐着的3个蓝衣老婆婆，她们口中吟唱着反复而平常的调子：“南无阿弥陀佛，南无阿弥陀佛，南无阿弥陀佛——”一面唱一面用手拍打着膝盖，那梵音，在风中陪着我一步一步上升。经过老太太们时，伟文说：“距离这里40公里的地方，有一座佛寺，老太太们背着面粉口袋，走路去，要好几天才回得来，她们在寺里自己和面吃。”我听着听着，就听见好像是老太太在说：“好了，好了，来了，来了。”

山坡的顶上，3座荒坟。从那望下去，沙漠瀚海终于如诗如画、如泣如诉在我脚下展开，直到天的终极。

我说：“哦，回家了，就是这里了。”

伟文指指3座坟，说：“这是贡献了一生给莫高窟的老先生们，他们生，在研究所里，死了也不回原籍，在这里睡下了。”又说：“清明节刚过，我们来给他们上坟呢！”

“伟文，你也留在这里一辈子？”我说。

“哎。”

“临摹下来的壁画怎么保存呢？”

“库存起来。有一天，洞子被风化了，还有我们的纪录。”

“喜欢这个工作吗？”

“嗯。”

“上洞子多少年了?”

“5 年。”

“将来你也睡在这?”

“是。”

夕阳染红了一大片无边无际的沙漠，我对伟文说：“要是有那么一天，我活着不能回来，灰也是要回来的。伟文，记住了，这也是我埋骨的地方，到时候你得帮忙。”

“不管你怎么回来，我都一样等你。”

“好，是时候了。”我站起来，再看了一眼那片我心的归宿，说：“你陪我搭车回敦煌市去。”

“明天，我要走了。”我轻轻说。

“哎。”

“以后的路，一时也不能说。”我说，“我们留地址吗?”

“都一样。”伟文说。

“我也是这么想。”我又说，“我看一本书上说，甘肃有一种特产，叫作苦水玫瑰，它的抗逆性特别强，香气也饱含馥郁，你回去，告诉所里的女孩子，她们就是。”

“知道了。”

“年纪轻轻的，天天在洞子里边面壁，伟文，这是你的事业，不是企业。我们知道做事情和赚钱有时候是两回事，对不对?”我说。

“我也是这么看。”

“谢谢你们为敦煌所做的事情，也谢谢你给我这两天的日子。”

“没事。”

“我给你讲个故事，就散了。”我开始说，“很久以前，一个法国飞行师驾着飞机，因为故障，迫降在撒哈拉沙漠里。头一天晚上，飞行师比一个漂流在大海木筏上面的遇难者还要孤单。当天刚破晓的时候，他被一种奇异的小孩声叫醒，那声音说，请你……给我画一只绵羊……”

伟文很专心很专心地听起《小王子》的故事来。

“很多年以后，如果你偶尔想起了消失的我，我也是偶然想起了你，伟文，我们去看星星。你会发现满天的星星都在向你笑，好像小铃铛一样。”

（摘自《读者》2011 年第 8 期）

大敦煌的文化高度

张春生

历史的天空群星闪耀

敦煌的辉煌始于汉武帝“列四郡，据两关”。在汉武帝建郡立县之前，就早已有先祖在这里劳动、生息、繁衍。中国古籍中有零星记载，以山川志之，如《尚书·尧典》中记“羽山”（今天的敦煌三危山)。真正在中国正史当中以“敦煌”示人，应发端于张骞西域之行，最早见之于司马迁所著《史记》。其后，一批优秀人物为敦煌的兴盛辉煌做出了杰出贡献。

敦煌壁画　九色鹿

在西汉初期，因匈奴势力强大，对西域的政策以求和为主。“和亲”是中国历史上国与国交往的惯常方式。用一个人的奉献换取千万人的安宁，历来为人们敬重。

解忧公主是中国历史上贡献很大的和亲公主。她是第三代楚王刘戊的孙女，在出使乌孙和亲的细君公主去世后，为了维护汉朝和乌孙的和亲联盟，解忧公主奉命出嫁到西域的乌孙国。她一生经历汉武帝，汉昭帝，汉宣帝三朝，曾嫁给三任丈夫，皆为乌孙王。解忧公主在乌孙生活了半个世纪，一直活跃在西域的政治舞台上，积极配合汉朝，遏制匈奴，为加强汉室与乌孙的关系做出了贡献。（乌孙西迁前，游牧于敦煌、祁连一带。）

丝绸之路开通之后的两汉时期，中央政府投入巨大物力、财力，经略西域，护卫丝路畅通。一代又一代重臣良将在敦煌建功立业，扬名立万。这其中除了广为人知的飞将军李广，贰师将军李广利，还有忠勇过人的班超父子。

班超（32年—102年），字仲升，扶风郡平陵县（今陕西咸阳东北）人。东汉时期著名军事家、外交家。史学家班彪的幼子，其长兄班固、妹妹班昭也是著名史学家。班超为人有大志，少时仰慕张骞而投笔从戎。公元73年，他随窦固经敦煌北击匈奴取伊吾（今哈密）地，又率三十六人出使西域，在降服匈奴兵时，班超发出了“不入虎穴，焉得虎子”的誓言，至今令人肃然起敬。后期班超连年担任西域都护，同当地人命运与共。公元 76 年，他奉诏将回洛阳，于阗人从上到下拦道痛哭，抱着马腿挽留他。他终于继续留在西域，在那里整整活动了三十一年。《后汉书》卷七十七《班超传》记班超在西域几十年，年老思土，上书中央乞归，书中云：“不敢望到酒泉郡，但愿生入玉门关。”他于公元 102 年奉诏返回洛阳，已是年逾古稀的老人了。

班勇（？—127 年），班超少子，字宣僚，子承父业，为东汉将领。汉安帝时，匈奴贵族攻扰西域，他任西域长史，将兵五百人前往西域，与龟兹合兵击走匈奴伊蠡王。永建元年（126 年），领导西域各族大破北匈奴呼衍王，进一步巩固了汉朝在西域的统治。著有《西域记》，为《后汉书·西域传》所依据。

汉末两晋的文化高峰

东汉末年，中原地区经历了近百年的大规模战乱，人民生灵涂炭，生产遭受重创，文化饱受摧残，其后又经历了两晋黑暗统治和南北朝频繁的政权更迭。远离战乱的敦煌却保持了相对安宁，大家世族纷纷西迁避乱，敦煌迎来了一个文化发展高峰。当时敦煌是个以汉族为主多民族杂居的地方，有匈奴、鲜卑、氐、羌、月氏人等，也有西域各族如伊吾、高昌、焉耆、龟兹、康居人，还有更远的粟特、罽宾、波斯等地来经商的人，也有往来的天竺、西域各地僧人和内地去西域、天竺学经求佛的僧人。敦煌成为“华戎所交一都会也”。公元 174 年 (汉明帝永本十七年) 置西域都护，加强了对西域的控制，敦煌是那时经略西域的要地。

当时，敦煌郡共有 748 户，29170 人，约占全国人口的 1/1600，灌溉农业较为发达，社会较为繁荣。这一时期，敦煌人才辈出。经两百余年，从中原迁来的大族在敦煌立稳了脚跟，中原文化在这里扎下了根，汉文典籍在敦煌传播。有一些世家大族是“海内望族”，如张氏、索氏，这些大族盛行开设私学“开馆授业”，为敦煌文化兴起打下了厚实的基础。

这一时期，敦煌出了文学家侯瑾，名吏曹全等。侯瑾，家贫寒，性笃学，十分刻苦。白天给人干活，晚上回家“燃柴以读书”。其才学出众，人品高尚，处于东汉末外戚、宦官专权的黑暗时代，拒不做官。作《矫世论》揭露时弊。侯瑾作品流传下来的仅有《艺文类聚》中的名篇《筝赋》，其文格调高亢，在汉代辞赋中，为具有特色的力作。侯瑾被时人尊称为侯君。曹全，敦煌效谷人，字景完，西汉名相曹参后裔，举孝廉，拜酒泉禄福令，官郎中，以讨西域疏勒王而有名，在任地方官时慰老济贫，赈粮施药，兴完城郭，荐贤举能，时人勒碑称颂。名《曹全碑》。现碑存陕西省博物馆。

西晋时期，敦煌的政治地位上升，成为“制御西域、总护南北道”，屏蔽河西的军、政中心，社会相对安定。敦煌出了一批名儒。如索靖、汜衷、张甝、索紾、索永等人“俱诣太学，驰名海内，称敦煌五龙”。五人就学于太学，“博经史、兼通内纬”，驰名海内。索靖是朝廷重臣，公元 290 年晋惠帝时赐爵关内侯，后被任命为大将军、左司马，平定了西戎的叛乱，参加了平定“八王之乱”的战争。索靖也是西晋名儒和大书法家。他的草书“骨势峻迈，笔力雄健，独具一格”。代表作有《出师表》。宋代著名《淳化阁帖》中，也收集了索靖的墨迹。索靖著有《草书状》，对草书艺术作了高度概括和形象描述。

北凉时敦煌出了两位大学者，一位是地理学家阚骃，一位是天文学家赵匪攵。

阚骃，字玄明，北凉敦煌人。其祖父、父亲均为敦煌名士，他自己“博通经传，聪敏过人，三史群言，过目则通诵”。由于他学识渊博，深受十六国时期北凉建立者沮渠蒙逊器重，“常侍左右，访以政治损益”。拜阚骃为秘书考课郎中，加奉车都尉。沮渠蒙逊还调集文吏 30 人，由阚骃领着典校经籍，刊定先秦诸子文集三千卷，为整理保存中国古籍先秦汉魏文化做出了贡献。又为《易经》作注，恢复了《易经》的本来面目。阚骃曾著《十三州志》。颜师古为《汉书·地理志》作注时，多处引用。而以后《水经注》《括地志》《太平寰宇记》等地理名著也曾多处采用《十三州志》的内容。由此可见阚骃《十三州志》的学术价值和对后世的影响。可惜原著已失。

天文学家赵匪攵，敦煌人，是北凉掌管天文、律令的太史公。他组织下属观测星象，参考前人历法的资料，结合河西地区实际情况，撰写《七曜历数算经》一卷、《河西甲寅之历》一卷、《阴阳历书》一卷等学术著作。赵匪攵的科学成就，有利于当时河西地区农牧业生产的发展。英国李约瑟博士著的《中国科学技术史》记载了赵匪攵的科学成就，并予以很高评价。

这一时期的名人当中，最为世人熟知的当属草圣张芝。苏东坡在一则书论中写道："笔成冢，墨成池，不及羲之及献之;笔秃千管，墨磨万铤（锭），不作张芝作索靖"。这段文中点了 4 个书法家：东晋王羲之、王献之父子，东汉张芝和西晋索靖。后两位都是敦煌书法家，而且是姑舅姻亲。

在中国书法史上，张芝与怀素前后辉映，代表着汉唐时代草书盛行期的两座丰碑。据《敦煌名族志》记：张芝为前汉司隶校尉清河张襄的后裔，后襄子西迁敦煌，子孙世居敦煌县城北府，故又号"北府张"。

张芝出身宦门，父亲张奂曾任东汉封疆大吏，一生为官清廉，不畏权贵，这对张芝"少有操节"的性格是有直接影响的。当朝太尉和地方官吏累次征召为官，张芝拒而不就，故有"张有道"之称。

张芝的书法，精劲绝妙，行、隶见长，尤精草书，其书体一笔到底，连缀不断，气脉通联，好比惊蛇入草，飞鸟入林，古人谓之"一笔飞白"（今称之为一笔书）。张芝《冠军帖》，笔法纵横灵动，奇诡多变，回转勾连各得其宜，一派"行神如空，行气如虹"（司空图）。晋代大书法家王羲之推崇说："汉魏书迹，独钟（繇）张（芝）两家。”亦尝自叹：“临池学书，好之绝伦，池水尽墨，吾不及也。”张芝的书迹保存在我国历史上第一部大型法帖《淳化阁帖》里，有五帖，其中《秋凉平善帖》可以说是章草的典范。

这时佛教在西域也非常盛行。佛教传入内地，敦煌是中继站。伴随着佛教的传入，各种文学、哲学、艺术也经敦煌传入内地。北魏的西凉乐就是由龟兹乐转变而成，乐器中如曲颈琵琶、竖头箜篌之类也出自西域，可见敦煌在当时是中西文化汇合交融的一个中心。其间，涌现出了许多为中西文化交流和我国各族人民友谊做出贡献的高僧大德和译经大师，如鸠摩罗什、法显、竺法护和宋云等，他们在敦煌留下了深深的足迹，其中竺法护和宋云都是敦煌人。

佛教的盛行，催生了莫高窟开窟建寺。第一窟的开造者是沙门乐僔。次有法良禅师，继续营造石窟。敦煌营造石窟起源于乐僔、法良二位僧人，此后延续千年不绝，造就了人类艺术宝库。

开放包容的大唐气象

在先朝文化积累的基础上，唐一代，敦煌人才济济，名人辈出。可查者，唐代敦煌考取进士 11 人 (唐以后无)，出了大史学家文人名士令狐德棻，是唐初有名的十八学士之一，修撰《后周书》《新晋书》《唐史》《唐太宗实录》《大唐氏族志》等 307

卷，官至礼部侍郎兼弘文馆学士。张太素，修撰《北齐书》《隋书》《说林》等600余卷。令狐峘，修撰《玄宗实录》《代宗实录》等百余卷。才思俊丽的文学家令狐楚，有文集一百卷，著名诗人李商隐为其朋友，从属。敦煌有文史名家13人，著书33部、1132卷，还有写经书法家令狐石住，他在总章二年（公元669年）用楷书写的《金刚般若波罗蜜经》书法上乘，接近大书法家柳公权的墨迹。敦煌也出了勇冠三军、战功显赫的将军薛万钧、薛万彻、薛万淑，为李靖、侯君集、薛仁贵等名将之副，为唐王朝立下了汗马功劳。

经济发展，社会安定带来了文化的繁荣，坚定了唐人的文化自信。唐朝文化艺术的高度成就，在敦煌莫高窟得到了充分反映。最有代表性的洞窟、最有历史艺术价值的洞窟、最精美的彩塑壁画、最灵动的飞天，都在唐代洞窟。如158窟 (俗称睡佛洞)的佛祖涅槃塑像和各国王子图、45窟的千手观音、159窟有“东方维纳斯”美誉的菩萨彩塑、320窟的飞天、217窟北壁的无量寿经变、445窟的曲辕犁、156窟的张议潮出行图、323窟北壁的雨中耕作图、112窟的反弹琵琶伎乐天图、榆林窟25窟送老人入墓图……

这些塑像都根据人物的身份、年龄、心理、感情，恰如其分地把内心活动、性格特征表现出来，如佛祖的明哲睿智、菩萨的美丽善良、天王的威严刚毅、迦叶的天真纯朴、阿难的深沉世故等，使人感到——生命在其中跳动。156窟的张议潮出行图，长约 8 米，绘出了各有神情的人物 120 个、姿态不一的马 80 匹和职责不同表情各异的卫队、乐队、舞队。全画气势宏伟，反映了这位封疆大吏节度使的严整威武军容，是张议潮收复河西、维护国家统一、保障丝绸之路的历史见证。壁画上的飞天，使人感到风动满壁、灵动飘逸，连画中的鼓乐都在不鼓自鸣。445 窟的曲辕犁，则表现了唐代先进的生产农具，根据这个壁画，研究人员制作了一副曲辕犁，陈列在中国历史博物馆大厅。

与此同时，语言、文学、哲学、数学、医药、天文、历法、绘画、音乐、舞蹈也伴随宗教和商品而来，堪称文化艺术的大交汇。以音乐而言，在敦煌石窟数万平方米的壁画中，描绘着各个时期的伎乐歌舞和乐器图像。专家已统计出在 492 个洞窟中，有乐舞洞窟 240 个，其中绘有乐器 44 种、4000 余件，乐伎 3000 余身，不同类型乐队 500 余组。其中有不少就是“胡乐”“胡舞”。至于舞蹈，更是多样美妙；荷叶杯舞、经变乐舞、宴会嫁娶乐舞、民间宴饮乐舞、五欲娱乐乐舞（声、色、香、味、触五欲而诱）、腰鼓舞、密宗舞、方舞、年舞（在年末岁初为庆丰收和祈盼来年五谷丰登，戴上面具跳的舞）、八人舞、龟兹舞、西夏舞、队舞、床上舞、儿童嬉戏舞、胡旋舞、反弹琵琶舞、莲花童子舞、波斯舞、霓裳羽衣舞等等。舞剧《丝路花雨》、舞蹈《千手观音》正是受此启迪创作而成。

唐人的文化自信还可拈两例以窥其中。唐时，敦煌即流行至少五种文字，除汉文外，还通行粟特文、吐蕃文、梵文、波斯文

莫高窟

等。

敦煌唐代文物“敦煌放妻书”就能感受到这种自信和包容。原文如下。

盖说夫妻之缘，伉俪情深，恩深义重。论谈共被之因，幽怀合卺之欢。

凡为夫妻之因，前世三生结缘，始配今生夫妇。夫妻相对，恰似鸳鸯，双飞并膝，花颜共坐;两德之美，恩爱极重，二体一心。

三载结缘，则夫妇相和;三年有怨，则来仇隙。若结缘不合，想是前世怨家。反目生怨，故来相对。妻则一言数口，夫则反目生嫌。似猫鼠相憎，如狼羊一处。

既以二心不同，难归一意，快会及诸亲，以求一别，物色书之，各还本道。

愿妻娘子相离之后，重梳蝉鬓，美扫娥眉，巧逞窈窕之姿，选聘高官之主，弄影庭前，美效琴瑟合韵之态。

解怨释结，更莫相憎；一别两宽，各生欢喜。三年衣粮，便献柔仪。伏愿娘子千秋万岁。

于时某年某月某日某乡谨立此书

1300 多年前的夫妻离婚，依然缘尽情存，丈夫不但建议妻子重妆打扮，择婿而嫁，还大度主动地承诺继续承担未来三年的生活费。时过千年，这份《放妻书》读来仍然令人感慨。

千年积淀的大敦煌

翻开中国历史，一城称“大”的不多，这其中就有“大敦煌”。一个弹丸小城被学术界公称“大敦煌”，背后是文化的高度。敦煌作为中国古代最早开放的地区之一，融汇吸纳了来自黄土文明的优秀精华，随即东渐中原，广泛地影响了中国社会的生产生活方方面面：种植、饮食、服饰、舞蹈、绘画、宗教等。乃至今天的汉语中，像胡麻、胡桃、胡琴、胡说等来自西域文化的词汇至今仍然活跃着，显示出强大的生命力，符合中国人“海纳百川，有容乃大”的标准。

事实上，敦煌行政区域也非常大，多时地域面积在 20 万平方公里以上。同时，敦煌的人口在古代中国也足以称“大”。汉代敦煌户籍人口曾达 4 万多，前秦时曾一度达到 10 万人，这其中不包括商旅、使团、僧侣、戍卒、驿馆和军队家属。在中国人口过亿（明代）之前的历史长河中，敦煌一直属于上县（唐时 2 万人口属上县，5000 人至 2 万人属中县，5000 人以下属下县），堪称大都市。

回望这片神奇土地，保留至今的最早纸张——敦煌麻纸，最古老的书籍——敦煌《金刚经》，最早的印刷活字——敦煌回鹘文木活字，最早的农学著作——《氾胜之书》，最早的星图——敦煌星图，最早的白话小说——敦煌话本，最宏伟的艺术宝库——

莫高窟……其实，敦煌最宝贵的是历史上一直坚持了开放包容的精神。

如今，经过千年的文化过滤，留下了唯美的文化宝藏和对当代发展的精神启迪。随着“一带一路”战略推进，随着丝绸之路（敦煌）国际文化博览会的召开，这张中国优秀文化名片必将把当代中国优秀发展成果传递到更广阔的世界。

（摘自《甘肃日报》2016 年 9 月 28 日）

敦煌，黎明中升起

许　实

清晨，第一缕曙光照在敦煌市中心的雕像上，新鲜而明媚。这是敦煌的飞天女，衣袂飘逸，花朵一样的笑容，她刚刚从夜里走来，反弹琵琶的声音，使漆黑的夜里翻腾咆哮的沙漠，此刻像天空一样宁静。

风呼呼吹过耳廓，醒来是抽油烟机的声音，水槽里哗啦啦流水声。读初中的孩子，这些早起的鸟儿在梳妆，打理好头发，穿了鲜艳的衣装，容光焕发，安安静静走在上学路上。

沿着绿色铺开的道路，我穿过敦煌街道。夜雨早停了，屋檐上，灌木上，电线上，树上湿漉漉的，麻雀叫着，抖掉身上黑夜，蹲在树上观察日出前每一个细节。此时，我也像麻雀抖掉黑夜，游荡在敦煌大街上。一辆辆早起的出租车穿梭在大街上，偶尔刺耳的喇叭声，唤醒睡梦中的旅客。可是在阳关，干裂的阳光晒得脸皮疼，滚烫的风吹干了身体里的水。莫高窟绚烂的壁画，精美的彩塑，精彩的本生故事，九色鹿舍己救人，丑公主变美，千手千眼观音菩萨……还在脑海里浮动，还想伸出手摸一下，惊讶的张大的嘴还没有合拢，让脑仁疼的喇叭声就钻进了耳朵。

党河水安静地流淌，河岸上草木舔着水花自顾自地灿烂、摇曳、生长，还有鸟雀的栖息，这些繁盛的树木只想着在太阳出来之前吸足水分。我沿着河岸前行，荡荡的河水仿佛东汉“草圣”张芝家的墨池。张芝、张昶兄弟俩每天清晨就开始练习书法，他们在临河的墨池里蘸一蘸笔尖，蘸一蘸就把水染黑了，还有他们家的庭院，到处挂满布，写着黑字的布在风里飘扬。这些集“月之阴柔，日之阳刚，地之宽厚，天之崇高”于一体的字，像篝火呼啦啦燃烧在黑夜，像七月敦煌的天气滚烫、蒸熟生硬的果实。

河岸上传来牛的哞叫声，几条狗在撕咬、打架，岸上是一排排土坯房子，有烟囱冒出了烟，是出租车司机刘家的，昨晚回家迟，几个来自远方的年轻游客租车去了雅丹。这是古丝绸路南道北干线，由此向西沿白龙堆沙漠穿越罗布泊直到楼兰，再从楼兰到若羌转入丝路南道，这条道为沙漠路。他们正值青春，对荒无人烟、没有生命、岑寂的沙漠充满梦想，记忆里肯定流淌着许多五彩缤纷的故事。中国古代旅行家法显，欧洲探险家斯文·赫定，就像天边升起一抹霞光，倏地扩张到整个天空，然后在他们心灵深处扎根了。

年轻的斯文·赫定就常常被塔克拉玛干沙漠深处的故事、寺庙、塔和古老的城镇诱惑。他第一次从喀什到若羌，翻越塔克拉玛干沙漠，在走进沙漠后，目之所及，全是荒芜贫瘠的黄色沙丘，茫茫沙海铺在眼前。干得能当火种的沙，掀起了干热的风，疯狂吸食身体里不多的水分，皮肤干成了牛皮纸。干渴让他的队伍分崩离析。在见不到一丝绿色和动物的痕迹、只有冷峻的星光划破死寂的夜里，斯文·赫定抽出沙里的身子，听着自己在沙上发出的沙沙声，趁着凉爽的黑夜前行。当他靠吃野草、树叶、芦苇芽、苦水里的小蝌蚪走出沙海，把最后一盏点亮的灯放在沙丘上时，多么希望失散的人员、骆驼、狗儿能跟来，沿着他留下的足迹，找到于阗河……就这样，百年来，斯文·赫定也成了塔克拉玛干沙漠深处的故事，吸引着无数人去寻找。他留下的足迹、灯盏像航标、浮标在沙海上漂动，像一枝水莲立于沙浪上。

党河岸上，土坯房上，许多烟囱冒起了烟，人们在告别昨夜的梦吗？我听见有音乐从窗户里流出，有诵读声飘在村庄上空，这些美好的声音，让缀满果实的杏树心花怒放，让李广杏子像海绵球在墙上蹦跳。天空万里无云，无边无际，向四面舒展开去，丰沛、连绵、密集的阳光赋予敦煌灿烂无比的早晨。我仿佛看见来自西域的译经大师鸠摩罗什推门从白马塔里出来，披红色袈裟，读“一本比眼泪烫、比梅花绚烂的毛边经书”，他热爱敦煌每一个清晨和夜晚。

光焰四射的晨阳，漫过党河岸，洒向熙攘的城市、丰饶的村庄。在燃烧的阳光里，棉花裂开坚硬的外壳，李广杏子星星似的闪烁在绿叶里，大片大片杏林就是深邃的夜空。

敦煌已经醒来，而且喧嚣起来，我听见有人诵读：

敦者，大也；煌者，盛大也！

黎明中起身的敦煌——鸣沙山就在前面，太阳这个大火球，早把那点湿气舔干净了，沙子开始发烫，远处沙丘脊线上腾起火焰。这片不毛之地，背对海洋，这里的人们多么希望面朝大海啊。人们还记得大海的、海草的味；海浪拍击礁石的声音；水花溅在脸上热辣而冰凉，激起尖利的惊叫声。来自海边的人们在鸣沙山上逍遥，胀鼓鼓的风扫过一尘不染、炫目的沙丘，裹着花色披肩的年轻人吹着口哨，光屁股的孩子们在沙上厮打，从山脊上滚下来再爬上去。有马厩的气味飘来，有清脆的铃铛声传来，浩浩荡荡的驼队从更远的沙脊上走来，训练有素的骆驼，驮着欢乐的、唱着歌、尖叫的、互相拥抱汗津津的人们，穿越喷着火的沙丘。

整个白天，鸣沙山持续不断地喧嚣、欢乐、呐喊，让平日里心情沉郁的人，此时容光焕发，心里不禁产生一种明媚的期望。

黄昏降临，血色的太阳蔓延到身边。月亮升起，天边上星星亮起来。凉风吹来，沙丘上起了微波，似细细的音乐，轻轻踩过梦境。

（摘自《人民日报》2018 年 2 月 19 日）

坐着羊皮筏子去雁滩

叶圣陶

初次看见羊皮筏的照片是在二十年前。凭这个东西可以在水上行动，像陆上坐车似得，虽然没有什么不相信，但总觉得有些特别。这回到兰州，才亲眼看见羊皮筏，而且坐了羊皮筏过渡到雁滩——雁滩是黄河中的沙洲。

羊皮筏用的是整张的羊皮，打个比方，好比蛇蜕下来的皮，蛇爬到别处去了，蜕下来的皮留着——是那样保持着原状的整张，吹足了气把它拴紧，于是成了个长形的气囊。四个或五六个气囊并排连成一排，又把三排气囊直里连起来，就成了长方形的连结体。

羊皮筏吃水极浅，所以能贴近沙滩，便于上下。羊皮筏有弹力，碰着滩石就弹开来，不至于撞破，就是撞破了一个气囊，还有其他十几个气囊在，影响并不大。羊皮筏的底跟面一般大小，就是在水势大风浪猛的时候，也不过跟着波浪上落而已，无论如何打不翻。朋友解说，羊皮筏非常稳当，绝对保险，我们坐在羊皮筏上，觉得这个说法确实属实。

筏工悠然划着——扁担的身份改变了，它又是桨，又是舵。雁滩横在前面，林木繁茂，金黄色的斜阳照着，一派气爽秋高的景象。对岸的山耸列在雁滩背后，沉默之中透着庄严。朝左望上游，朝右望下游，虽然秋季水落，还是有浩荡渺茫的气势。身下的羊皮筏太藐小了，不妨看作没有这个羊皮筏，于是我们觉得跟大自然更亲密了，浮在水面上，呼吸跟黄河的流动、连山的沉默、青天的明朗息息相通。

没有十分钟工夫就到了雁滩。从前没人住的时候，这河中的沙洲当然是雁栖息之所——雁滩原是个写实的名称。同时又富有诗意画意，古来取雁宿洲渚为题材的也不知道有多少诗篇画幅。现在滩上住着好些人家，都以种菜为业，又有农场苗圃，雁大概不会下来栖息了吧。可是雁滩还是挺耐人寻味的名称。

我们先往农场，会客室桌子上陈列着两大盘苹果，色彩不一，又好看又大，几乎可以说耀人眼。场里苹果的品种很多，果子都藏在地窖里，数量不多，还不能普遍供应。农场的任务之一是推广优良品种，兰州产瓜果本来有名，再在选择品种上下工

羊皮筏子

夫，前途更光明了。

雁滩是兰州人游息的地方，尤其在夏天。平日工作的人假日来这里消磨一天半天，四周全有树木，无论上午下午都可以遮阴，沙地上坐坐躺躺又是挺舒服的。放暑假的学生几乎把这里看作第二学校，大伙聚在一块儿，看一会书，做一会游戏，比平时的学校生活还要愉快。

兰州夏天本来不怎么热，这雁滩尤其凉爽。在这凉爽的境界里，看那庄严静穆的山峦、浩荡渺茫的黄河，看那山光水色随着朝晚阴晴而变化，简直是精神上洗一回澡。好些个农民挑着满担的花菜往河边，搭乘羊皮筏。那花菜是才在地里割的，赶紧挑下去，下一天早晨兰州市上就有“还没断气”的新鲜花菜。

暮色压下来了，压着连山，压着林木，压着黄河，也压着我们的眉梢。于是我们又跨上羊皮筏。

（摘自搜狐·旅游 2017 年 6 月 17 日）

兰州味道

李修平

兰州，是我的家乡。我父亲不是土生土长的兰州人，我家祖籍山西，父亲是大学生，在西北工业大学学土木工程，1953年毕业，可以选择去北京，可以选择去东部，但他很浪漫地背着书包坐着火车坐到了兰州，进了当时的铁道部第一设计院，建设西北铁路。我们家的根就这么扎在了兰州。

我从19岁考上大学离开家，这都多少年了？身在其中的时候你不觉得，离开以后，才会想念。人的嗅觉是离记忆中枢最近的，对味道的回忆会让你立即想起多年前的场景。空气里一股飘香的味道，我们兰州人会闻出来那是兰州的味道，就像听到一首有很多回忆的老歌，一下子融在其中。

一

食物带来一种乡情。当你吃不到家乡特别诱人的牛肉面时，你会觉得那碗面真好吃呀，特别好吃。在任何城市都能看到兰州拉面的招牌，但舌尖上的味道是骗不了人的。不是兰州人吃不出来，那真的是有特别大的区别。一方水土养一方人，一方水土也养一方美食。就好像虎跑水才能泡出清香淡雅的龙井美茶，用兰州黄河水做出的兰州牛肉拉面味道也很独特与众不同。这么多年，它的味道没有改变，变得只有价格。

兰州的牛肉拉面是遵循古法、不偷工减料的，纯手工，真的是技术活。兰州人用它当早点，我小时候，几家知名的面店，面都卖不到中午。不大的店面，总能看到有人拿着大碗，蹲在门口吃，即使店里还有地方，是个很有特色的景象。

“要个撒捏?”“来个韭叶子”“来个毛细”……兰州牛肉面按面条宽度分好几种：有大宽、宽的、韭叶子、二柱子、二细、细的、毛细。韭叶子就是面像韭菜叶子那么宽，大宽犹如两指宽的裤带，二柱子犹如女孩小拇指粗细，毛细就是细如牛毛。

正宗面店，你走进去，他会先端给你一碗清汤，正宗兰州牛肉面的汤是清的。现在一些店里没有继承这个程序了，你要是懂行，进店可以跟老板要碗牛肉汤。

兰州是个移民城市，回民很多，有不少地道的回民小吃，比如灰豆子、甜醅子。灰豆子是用红豆煮出来的类似粥的小吃，夏天可以做成冰的，放上点糖，非常爽口。甜醅子大麦蒸熟了，再像醪糟一样发酵后做出来的，也非常好吃。

还有热冬果，挑担走街的人一头挑着柴火，一头挑着个果篮，泥做的火炉上面架个热汤锅，锅里是西北出土的冬果梨，有整个的，有一分为二的，加了冰糖。我小时候印象最深的就是这个了，兰州的冬天特别冷，天已经黑了，外面传来沿街叫卖的声音“热冬果！”一听这声音，我就兴奋得不行，“买个热冬果，买个热冬果！”拿着碗就跑出去，一毛钱一个，五分钱半个，“给点汤、给点汤”，老板就用勺子给你舀勺汤，热乎乎的，香的不行，那个酸甜的味道，哎呀，后来我就再没有吃到过。

还有凉皮子。我吃过很多西北凉皮，真的都没有兰州的好吃。兰州有种凉皮叫“高担凉皮”，比一般凉皮厚很多，吃起来更劲道，香极了。还有羊羔肉，把粉条、菜和肉一起爆炒，很好吃。我们兰州人说吃个“羔肉”，就是指吃羊羔肉，吃个牛大碗就是指吃牛肉面。每次回兰州，我下了飞机都要去吃个牛大碗，离开的时候，再去吃个羔肉。

二

说到自然环境，人们常常对西北印象不好，有机会，你一定要去兰州看看，她和很多人以为的都不一样。我身边去过兰州回来的朋友，都说比想象的要好太多。

如果城市有色彩，不能简单地说兰州是黄色的，虽然黄色居多，但她也有不少绿色。比如，在兰州，黄河是青绿色的。兰州是唯一一个黄河穿城而过的省会城市，进入兰州的是黄河上游，平时的黄河水安静极了，是青绿色的涓涓细流，只有在汛期来临时，河面才会变宽，河水会变黄。

黄河上有座一百多年历史的铁桥叫中山桥，是黄河第一桥。小时候，我们这些孩子都喜欢趴在桥上看桥下的黄河水。涨水的时候，水面离桥面很近，等水流下去以后，人们会在浅滩边上散步、打拳……

兰州是个狭长的城市，两山夹一河。北边的山叫白塔山，上有白塔，有白塔山公园，是我们上学时常春游的地方，南边的山叫五泉山，传说霍去病西征至此，士卒口渴难忍，霍去病挥剑击地五次，冒出来五口泉。我很小的时候就常想霍去病是什么个样子的，他的剑是个什么样子的，那时候还不知道霍去病是谁，就觉得他好厉害。五泉山公园也是我们常去玩的地方，哪天考试考好了，就找妈妈要 5 分钱，去五泉山转转。

兰州的四季很分明，春天花开鸟鸣，夏天阳光很晒，但一躲进树阴就凉快下来，早晚温差大，我在兰州时连电风扇都没用过，秋天很美，冬天特冷，雪很多。

我对黄土的味道有感情，就像家在海边的人对海风有感情。

春夏之交，兰州有时会有沙尘暴，我们管这叫“下土”。次数并不多，一会儿就结束了，但来一次风就让人记忆深刻。“快快！要下土了！”我们跑回家看窗户外面，一片黑色，遮天蔽日，然后“哗”的一下，云开雾散。

年轻的时候，你会花很多时间想念家乡，但家乡对你的牵挂和你对家乡的牵挂是扯不断的，就像你出生后见到的第一个人是妈妈，就是那样一种依赖。我们几个兰州的，朱军也好，小水（水均益）也好，听到谁说兰州不好，我们还要理论一下。

兰州人普遍直爽、率真、单纯。他们对你热情时是真的很热情，看到不喜欢的人，也会表现在脸上。说话有时候把你说到南墙上去，但心眼是很实在的。

兰州姑娘漂亮，穿戴也很洋气。很多姑娘都皮肤白皙，有点高原红，她们性格不像四川的辣妹子那么火辣，和你熟了显得很热情，不熟就显得有些内敛。

兰州人心态特别好，是不以物喜不以己悲，自得其乐那种。每天吃碗牛肉面就觉得生活特美好。

兰州话也很有特点，象声词和叠音词多，特别形象。比如你问他黄河在哪儿呢？他说“在内一搭呢！”音拉得很长，让你觉得，哇！有那么远！比如说小朋友的眼睛长得好看，他说那个孩子眼睛“毛嘟嘟的”，你能想象出来毛茸茸的，多可爱啊！

提到兰州我还回想到许多片段和画面。小时候每天和小伙伴们一起走的那条上学路，拐弯处，永远有个推着车卖冰棍的阿姨；院子里的小朋友一起玩各种游戏，比如“保家球”，用沙包玩的一种规则类似垒球的游戏，比如“羊旮旯”，就地取材，用羊腿关节“旮旯”做牌，每个分不同的四面，一手扔着乒乓球，一手六七个旮旯往地上一撒，球被扔起来的同时，把成对的旮旯挑出来；在周末像过节一样去看电影，家里几个兄弟姐妹买一张票，我们小的就逃跑钻进去；中学时，和小伙伴们一起骑车去上学，每个女孩子都戴白手套，一为漂亮，二为防晒……

大学毕业后，被调到中央台前，我回兰州工作过两年。当时有不少其他机会，上海等几个电视台也来找过我。我那时是断然拒绝了，心想，上海我是不会去的，上海话我都听不懂。现在想来，那时心态还是不够开放，但你就是会觉得，家乡和上海，那肯定是要回家乡啊。

到现在也还是这样。父亲过世后。我母亲来到北京，兰州只有姐姐还在，我很久没有回兰州了，但家乡就像割舍不断的亲情，听到她的消息你就会觉得温暖。包括我念新闻的时候，如果念到甘肃和兰州的消息，比如前阵子听到兰州要成立新区，我的心情就会特别激动。

这是相互的事情，家乡没有因为你离开就把你隔离开，她依然接纳着你。无论多久，你回去的时候，大家还是会觉得你回家来了，就是这些让我感动。

如果有机会，去兰州看看吧。小吃一定要去吃，可以去省委大院旁边的小吃一条街；黄河一定要去看，去黄河边看看并不是黄色的黄河水；有亲朋好友去兰州，我都会带他们去黄河母亲像那里拍张照片，那是兰州地标性的塑像，得过奖，无论艺术价值还是文化价值都有些地位；还可以去兰州的兰山顶上俯瞰全城，一览兰州全貌……

（摘自搜狐·美食 2018 年 2 月 27 日）

牡丹的轻与重

韩松落

在很多地方，兰州都带点古风，例如，夏天的时候，人们喜欢买牡丹来插瓶。

西北适宜牡丹生长，冷的时候不太冷，热的时候也不太热，阳光透彻，雨水不多，中性沙壤土分布比较广，是牡丹喜欢的环境，所以，打从古代起，西北就成了重要的牡丹生长区域，几个最重要的牡丹繁育基地，都在兰州附近。

西北人对牡丹的热爱，在农村尤其明显。农家庭院，多半会种植牡丹，圆圆一簇，种在院子正中，或者，园子四角各种一簇，它是整齐的、不会旁枝逸出的，特别适合作为点缀，以及用来布局。到了初夏，牡丹就开了，浓香袭人，又不像别的花，开得凌乱，又特别招蜜蜂和蝴蝶，牡丹开得端端正正，浓艳里有点凛然，整个院子，顿时就庄严起来了。

也有人把牡丹种在房前屋后，或者地头上、果园里，为的是拿出来售卖。每年四月中下旬，牡丹就上市了，不是在花店里，而是在早市的地摊上，或者三轮车上，价格非常便宜，八毛钱三枝，两块钱十枝，买上五块钱十块钱的，就足够插一瓶了。卖花的多半是大嫂或者大娘，规模小一点的，用牡丹装满一个柳条筐就出来了，规模大一点的，就要开三轮车，用泡沫塑料盒铺满车厢，浅浅地装一点水，再把成捆的牡丹放上去。到了三轮车这步，她们的丈夫也就跟出来了，男人们负责开车，女人们站在车边招揽，手里拎着一个喷壶，时不时向牡丹淋一点水。

牡丹的花期，只有一个月，买回家的牡丹，最多插一周，所以每年到四五月份，我就把家里的瓶瓶罐罐都腾出来插牡丹。每天一早起来，满地落的都是牡丹那圆硕的花瓣，随便一扫，就是一纸篓。这似乎有点贪婪，但又必须要这样贪婪，因为，在牡丹那种绝对的美艳之前，我常常有“如何是好”的忧心焦虑。

兰州附近，“和平牡丹园”的主人陈德忠，恐怕也是被这种焦虑驱使着，用了几十年时间，建起了那个占地 3000 亩的牡丹园。20 世纪 60 年代，他和同村年轻人组成“和平绿化小组”，在荒山上种草种树，到了 80 年代，他在荒山上建起牡丹园，向游人开放。起初，那里的牡丹不算太多，我们的亲朋邻里，曾经蜂

兰州牡丹

拥前去参观，回来之后，都表示很失望。

但二三十年下来，那里已经成了中国三大牡丹基地，拥有无数奇异的牡丹品种，当然，陈德忠也已经成了一个老先生。我很知道世人们会怎么看他，在人们看来，花草都是很轻很轻的东西吧，着实不值得用一生去经营，所以，在花市里，我常常听见有人用“不就是一棵草嘛”来砍价，但在那种绝对的美之前，这种轻重的衡量，恐怕全都会失效。

我所知道的牡丹收集者，还有一位。他是画家，早年去了北京宋庄，给名画家幕后代笔，后来实在招架不住北京那越来越猛烈的生活，带着全家人返乡，在我家附近建起一个占地二三十亩的牡丹园。他长年累月骑着一辆摩托车，在深山里奔波，从农人家里收购牡丹，一株直径两米的牡丹，对方的要价大约是两百块。有次，他发现了一株三米高的牡丹，高过屋檐，几乎盖满半个院子，对方也不过开价五百块。而他雇人雇车去把那株牡丹挖出运回，倒花了一千块。

因为牡丹，还有别的花草，我常常生出轻与重的衡量，花草之轻，花草之重，都很难说。就像我们孜孜以求的一切，例如我所经营的文字生涯，恐怕也很轻，轻得像几十亩牡丹，但也重得像一枝只开一周的牡丹。

（摘自《重庆晨报》2014 年 10 月 24 日）

兰州的桥，母亲河上的永久印记

郑宇飞

又是一年春暖花开时，蛰伏了一个冬天的兰州人，总喜欢漫步在黄河之滨，享受盎然的春意。而中山桥那灰色苍劲的身躯，正敞开博大的胸怀，承载着南北来往的车流行人。铁桥两侧的步道，垂柳依依，花香阵阵，绿草如茵，如织的游人在高大的“黄河第一桥”碑前拍照留念。每到夜幕降临，华灯齐放，灯光装扮下的中山桥如一道绚烂璀璨的飞虹横卧河上，桥下，黄河卷起朵朵浪花，滔滔东去。

而在兰州一段，深刻在奔涌东去的黄河水记忆中的不仅仅是中山桥，有着“黄河桥都”美誉的兰州，现已有永久性桥梁 24

座，平均每 7 公里就有一座，在市区更是平均每 4 公里就有一座。它们以各自不同的风姿情韵装扮着古城兰州的河道，为母亲河留下精彩的记忆，让朵朵浪花一路诉说东去。

金城渡口　古人通过黄河南北的重要渡口

兰州是唯一一座黄河穿城而过的省会城市。在古代，兰州作为军事要冲又是丝绸之路的必经之地，穿城而过的黄河便成为这咽喉要道的天堑。那么古时的人们如何跨越这道天险？兰州黄河何时有了桥梁？兰州桥梁发展历史究竟如何？让我们听兰州市地方史志专家关振兴慢慢道来。

自秦以来，历代王朝为经营西域，保障西陲安全，对黄河兰州段的济度建设都十分重视。但由于经济、技术等多方面的原因，兰州段黄河上很少架设桥梁能够桥渡，古人主要通过摆渡来沟通黄河南北。《重修皋兰县志》记载，西汉时，金城的黄河渡口有石城津、青石津和金城渡口。从东汉、三国到南北朝，金城渡口一直是黄河之上的重要军事渡口。

到了隋唐时因为经济的发展，中西交通发达，再加上军事调动的频繁使得黄河两岸的交往更加频繁，这时的交通工具除了木筏、皮筏之外，很可能还出现了渡船。而到了清代，除了木船之外，皮筏已成为兰州黄河两岸主要的交通工具了。为现在很多兰州人所不知道的是，在很久以前，每到严冬时节，兰州一带河面上的冰凌结为许多大小不一的冰块，当寒潮之后，河面会冻结为一体。这时，兰州夹河滩的农民，腰际横扎竹竿（以防误踩冰层薄弱处而掉进河中），踏勘出一条路线，饮誉一时的兰州冰桥就这样形成了。在 20 世纪 60 年代以后，随着兰州冬季气温的提高，黄河冰桥随之成为老兰州人的记忆。

镇远浮桥　在大河桥梁史上书写下光辉一笔

浮桥作为最早出现在我国古文献记载中的一种桥型，在历史上铺下了灿烂辉煌的篇章。黄河上浮桥的历史久远，数量也很多，“镇远浮桥”便是之中特别的一座。

尽管兰州地区人类活动的历史较早，但是由于生产力较中原地区缓慢，桥梁的建设也较晚。西汉时为了有效控制兰州以西的河湟地区，曾在湟水等黄河支流上架设过浮桥，但都属于军事用途。直到隋代，黄河兰州段干流上仍然没有桥梁。据史料记载，到了唐代，为改善兰州黄河南北两岸的交通，在今河口架设了广武梁浮桥，公元 821 年，大理卿刘元鼎便是从此桥通过，出使吐蕃的。此后北宋时期也在兰州附近的黄河渡口架设浮桥。而自北宋绍圣年间直至明代洪武初年，再没有在兰州段黄河上架设桥梁的记载。

明代曾在兰州城西河面上三次架设浮桥，最后一次架设的就是著名的镇远浮桥。建于白塔山下的镇远浮桥，常设不撤。自明

中山桥

洪武十八年建成至20世纪以前，历时500多年，一直是黄河上游控扼要冲，通到西域的唯一桥梁，在大河桥梁史上书写下光辉一笔。我国著名桥梁专家茅以升在《中国古桥技术史》中说："历史上在黄河修建过的不少著名的浮桥，到清代只剩下了镇远浮桥一座，成为'天下第一桥'。"

明代，兰州除在黄河上架起"天下第一桥"外，还在洪沟上架设起了独具特色、享有盛名的握桥。茅以升评价它是中国"伸臂木梁桥的一个代表"。

中山铁桥　黄河上第一座真正意义上的桥梁

到了清朝，左宗棠在整修陕、甘、新大驿道的同时，很想在黄河兰州段上架设一道永久性的桥梁。左宗棠提出把浮桥改建成铁桥，以期一劳永逸。他曾与多家外商洽谈，可都索价过高，最终修建铁桥的事就此作罢。

左宗棠未能实现的铁桥梦，被他的后任陕甘总督升允和兰州道彭英甲实现了。清光绪三十三年（1907年），清政府在兰州道彭英甲建议和甘肃总督升允的赞助下，动用国库白银306992两，由德商泰来洋行喀佑斯承建，美国人满宝本、德国人德罗作技术指导，历时三年零四个月落成了铁桥，初名"兰州黄河铁桥"。1942年，为纪念孙中山先生而改名为"中山桥"，桥名沿用至今。1954年，政府整修加固了铁桥，增加了五座弧型钢架拱梁，使铁桥显得坚固耐用，气势雄浑。中山铁桥不但是兰州市历史最悠久的桥梁，也是黄河上第一座真正意义上的桥梁，因而被称为“天下黄河第一桥”。如今，这座古老的桥梁依然横跨黄河之上，成为兰州标志性建筑物。

在中山桥之后，兰州市区相继架起了多座造型美观、结构新颖、工艺先进、气势不凡的铁路公路桥。兰州目前已有永久性桥梁 24 座，其中公路桥 21 座，铁路桥 3 座，平均不足 7 公里就有一座。位于兰州市区的有 10 座，平均每 4 公里就有一座。“20 世纪 50 年代中期，随着西北铁路干线的修建，黄河兰州段拉开了大举架设桥梁的序幕，‘黄河桥都’的形成首先从铁路桥梁的架设开始的。”更多的现代桥梁正在规划建设中，其中目前正在修建的就有元通大桥、金雁大桥和深安大桥。黄河兰州段已成为目前黄河上桥梁密度最大的河段，无愧为“黄河桥都”。

黄河桥　谱写下许多不朽的华彩乐章

在建设的进程中，兰州的黄河桥还谱写下许多不朽的华彩乐章。“1956 年建成的河口南黄河铁路大桥，是我国自己设计和施工的第一座黄河铁路桥；1955 年 11 月至 1956 年 2 月建造的沙井驿黄河便桥（现已拆除）是中华人民共和国成立后，在黄河兰州段干流上架设的第一座公路桥；1971 年建成的什川吊桥是兰州地区农民集资建设的第一座桥梁，开创了农民建桥的先河。建成通车后，《人民中国》杂志用 17 种文字载文向全世界作了介绍……”

除此以外，黄河桥还为兰州这座城市留下了许多项“第一”的纪录。中华人民共和国成立后城关区修建的第一座跨河公路大桥是 1979 年竣工的兰州黄河大桥，是当时全国已建成预应力混凝土连续梁桥跨径最大的一座；1987 年建成的杨家湾黄河吊桥(又称兰州黄河吊桥)，是当时黄河兰州段上跨度最大的一座吊桥；1997 年兰州市第一座横跨黄河的斜拉桥——银滩黄河大桥是当时黄河上游最大、最现代化的桥梁；2001 年合龙的东岗黄河大桥是目前黄河兰州段跨度最大的高速公路桥；2003 年竣工的雁滩黄河大桥是兰州市第一座钢管拱桥，也是目前国内同类型桥梁中跨度最大的三跨钢管拱桥，有着‘西北第一桥’之称……

桥梁博物馆　将多层次记录兰州桥梁历史

从无到有，再到如今的“桥梁之都”，黄河桥梁见证了兰州历史的变迁。如今，兰州市正在筹建黄河桥梁博物馆，博物馆将坐落在金城关下，同中山桥守望相对。届时将通过图片、模型、文物、多媒体等手段和方式，多角度、多层面反映兰州百年黄河铁桥的历史。并在此基础上放眼全国，放眼世界，充分挖掘资源，搜集黄河流域和全世界有代表性的桥梁，并纳入桥梁博物馆集中进行展示，不断丰富黄河桥梁博物馆的内容和内涵，使之既全面展示兰州百年铁桥的发展历程，也全面反映黄河流域和世界桥梁的全貌，成为人们全面了解黄河历史文化、了解黄河桥梁和世界桥梁的重要窗口。

一座座横卧长河的飞虹，打破时空的阻隔，凝缩天堑之遥，承载着黄河儿女们的梦想，承载着“黄河桥都”辉煌的历史，迈向更加光辉灿烂的未来。

（摘自《西部商报》2012 年 4 月 9 日）

我与《读者》

胡亚权

26年前的一个秋日，甘肃人民出版社新调来的总编辑曹克己操着陕西腔对我说："咱办个刊物，咋相？听说你干过杂志。办啥刊？自己想去。人没有？自己找去。"回来试找过几位同事，反应淡淡。也真是的，谁愿意干毫无前景的事呢？但有一个人愿意干，他叫郑元绪。老郑和我有着相似的经历：都是1968年毕业的理科大学生，他清华大学物理系，我兰州大学地理系。我俩毕业后同在祁连山下戈壁滩解放军农场劳动锻炼，他六连，我二连。然后又去农村毛泽东思想宣传队当队员，他酒泉，我金塔。我们都是普通人家出身，他北京市民，祖籍山东黄县；我世代农民，生于甘肃武威。20世纪70年代，我俩先后来到出版社，方才认识，并成为编辑同事。

在别的编辑室的东北一隅，用三只书柜围成L型，分隔出8平方米的空间，放进两张“一头沉”的办公桌，两把木椅，一把会议室用的长条椅，两个人的编辑部就这样组成了。

办什么刊好呢？调查发现，甘肃作者不多，经济不旺，交通不便，信息不畅，绝非办刊福地。无奈之余，想到办文摘，并且办一份发动读者荐文，再由我们编辑返还给读者的《读者文摘》。这种“从读者中来，到读者中去”的独特办刊方针，成为此后这本杂志的法宝之一。

1981年春节过后，老郑去北京请赵朴初先生题写刊名，赵老爽快地答应了。老郑回兰州后，从一个小信封中小心翼翼地取出原件：那是赵老写在上小学孙女的语文写字本上的两张纸条，每张一指宽，上有赵老印款。这就是沿用至今的《读者》《读者文摘》刊名题字的由来。

1981年3月，《读者文摘》创刊号清样第二稿获准发印。4月，创刊号问世，起印数3万册。随后发动全出版社职工，将一万多册赠给了全国县以上的文化馆和大学图书馆。那一年我37岁，老郑36岁。

创刊号的“博采中外，荟萃精华，启迪思想，开阔眼界”十六字宗旨，迄今未变，也是《读者》的另一件法宝。变了的是定价，那年0.30元，今天3.00元；月印数，那年9万，今天900万；

刊期，那年月刊，今天半月刊；刊别，那年 1 刊，今天 4 刊。

1982 年初，出版社迁入白银路新址，我们要了一间 40 平方米的大办公室，有两位志愿者无偿前来帮忙做编务，一位是工人诗人，另一位是在读研究生。春天，兰大历史系应届毕业生彭长城前来报到。正面墙上的一幅大字标语吸引了他的目光。那句话是：“世界上许多最美丽的花朵，往往开放在无人知晓的地方！”

那是一个有奇迹发生的时代，《读者文摘》的发行量以翻倍速度上升，9 万、30 万、90 万，第 4 年的印数已经超过 140 万。每次印数上升，我们几个编辑就去小酒铺，油炸大豆就散装啤酒，自我庆贺一番。正觉得顺风顺水，却不知灾祸正在悄悄逼近。1984 年秋，有人告我们的状，说《读者文摘》搞“精神污染”。一时气氛紧张，省委宣传部组织了由兰州大学、西北师院几位教师组成的专家组，细阅了本刊三年半来的全部文章，最后的报告结论是：《读者文摘》是一本好杂志。后来，审查组长柯杨教授透露说，当年他向省委宣传部聂大江部长要原则，回答是邓小平“实事求是”四个字。良心战胜了极“左”，杂志得以幸免，但作为主要负责人的我，必须调离，毕竟还是有错误的嘛。出版社领导念我没有功劳也有苦劳，任命我为甘肃少年儿童出版社总编辑，一干 8 年。在伤感的欢送会上，编辑们默默送我一个铁皮烟灰缸……

1985 年到 1994 年，由郑元绪主持工作。他带领十来位编辑成功地渡过了 1990 年整顿、1993 年因商标纠纷而改名的两次难关，并开展了分印业务，杂志的内容和形态也趋于完善。在 80 年代后期经过几年徘徊，于 1990 年、1993 年过了 200 万、300 万关，步入中国大刊之列。这是杂志的成熟期。

1994 年春，出版社张九超社长找我谈话，说郑元绪要去北京了，社领导研究让你再回《读者》，主持工作。

这次社里的就职仪式比较隆重。出版社全体领导参加，加上与我一起来的陈泽奎等 3 人，编辑部已有 13 人。我说，此刻让我联想到希腊神话中推巨石上山的西绪福斯。《读者》也像一块巨石，我们全体同仁只有共同用力，才能把它推到山顶。

这时候《读者》已步入发展期，先是成立杂志社，在编辑部以外建立经营部，由彭长城负责经营活动。征集刊徽的 LOGO 行动、扩版、提价、建立查重系统、电脑制版、调整增设新栏目、深圳双色版试验，到 2000 年改为半月刊，陈泽奎负责《读者·乡村版》创办，还有《读者》维文版、盲文版的合作出版，《读者》每年都有新的举措。更重要的是，从 1995 年始，《读者》开始了广告经营，走上了现代杂志良性循环的道路。向特级教师赠书到保护母亲河的行动，体现了《读者》社会公益活动的正确取向和巨大的感召力。从 1995 年开始，《读者》月发行量连破 400 万、500 万、600 万关。1995 年初，省上还奖给杂志社一辆桑塔纳轿车。2000 年后，《读者》杂志连续三届获得国家期刊奖，成为中国期刊之林的名刊大刊。《读者》杂志也被国门开放后的出国留学生带到了世界各地，《读者》进入了品牌时代。有意思的是，与我们曾有龃龉的美国《读者文摘》也大显君子风度，于1999年夏，派出一位副总裁亲自到兰州来，我们“相逢一笑泯恩仇”。

2001年，彭长城主持工作并任社长、主编，我改任顾问。就在这一年，我又创办了《读者欣赏》——一份视觉类艺术休闲杂志。我在办公室墙上贴出标语，上书：一沙一世界，一花一天国。屈指算来，这是我参与创办或主持创办的第4份杂志，前几份是《读者》《妈妈画刊》《读者·乡村版》。2004年年底，我退休年龄已到，从此与《读者》渐行渐远。2005年起，被聘为甘肃省人民政府参事室参事。

有人讲，人一生做成功一件事就很好了。办《读者》肯定就是我做的那一件事。26年前，我和老郑在黄河边看着皋兰山展望未来，纵有千般豪气，也只能把发行50万册想象成最高追求。谁也不会想到这份杂志，会从当年无人知晓的小花，成长为今天的参天大树，还有一片小树林。

2006年1月18日，读者出版集团有限公司宣告成立，标志着《读者》将以企业形象面对世界，一个新时代来临了。我和老郑坐在贵宾席上，是特邀的。

25年时光，25年的打造，《读者》究竟是什么？仍然是一个谜。我们从她的广告语上看：80年代——让《读者文摘》走进每一个家庭；90年代——选择《读者》就是选择了优秀文化；新世纪——中国人的心灵读本。从中我们可以看出《读者》定位的自我完善过程。

我比较喜欢第二条广告语，因为它道出了《读者》之真髓。我曾以人性、理性、知性和平民性来概括这本杂志；也曾把她比喻为一位中国公民，外表儒雅，心灵至美。要对《读者》用一两句话说清，实在是一件很难的事。我对《读者》的认识有三个阶段或者三次飞跃：80 年代是“文章”阶段。我们有幸编选了在中国人看来是“道德文章”，在西方人看来叫“人本主义”的那些精华作品，第一次将读者引入久违了的那种“人文关怀”氛围，引发了广大中国读者的思索和心灵震撼。90 年代是“文化”阶段，《读者》自觉不自觉地传播了一种先进的文化形态。谁不知道，《读者》25 年，年年月月唱着“同一首歌”，这首歌的名字叫《让世界充满爱》。这种独有的文化现象，让这本杂志成为名副其实的“中国读本”。21 世纪初，我思考了《读者》与“文明”的关联。如果把这些年《读者》刊载的几千万字文章排列起来，在那些沉甸甸的文化积淀之上，一定会闪烁出两个大字，那便是“文明”。因为文明是人类社会的完美结晶和最高追求，也是《读者》与广大读者的完美结晶和最高追求。不是吗？从文章到文化，再从文化到文明，正是每一个公民的自我完善和自我升华过程。至少，我是这么想的。

（摘自《读者》2006 年第 5 期）

陇南春茶

娄炳成

诗人梅尧臣把春茶与黄金媲美，他在《答建州沈屯田寄新茶》的诗中说道："春茶研白膏，夜火焙紫饼。价与黄金齐，包开青箬整。碾为玉色尘，远及芦底井。一啜同醉翁，思君聊引领。"表现了诗人悠然自得地吟诗、赏春、品茶，心中了无牵挂，颇有一番"茶不醉人人自醉"的感觉。

每到清明时节，陇南康县阳坝、文县碧口、武都裕河就到了最忙碌的季节，漫山遍野都是采摘茶叶的茶农。空山新雨后，茶园翠芽时。曾有人说，清明问茶，自然是苏州、杭州的茶叶最佳，尤其是那苏州西山碧螺姑娘尤为诱人。然而，在陇南，你也会被清新绮丽的茶乡美景所吸引，一片片郁郁葱葱、生机勃勃的茶园，为陇南大地平添了盎然春意，使你赏心悦目，流连忘返。

四月是陇南春茶上市的时节。漫步于遍布陇南城乡的各类茶庄、茶行、茶楼、茶府、茶苑，以及农特产品专售店，人们的目光同样会被琳琅满目的各类陇南春茶产品吸引，盒装的、袋装的，即便是散装的，都各具特色，纷纷等待着“出阁”，给陇南各地热闹繁华的农贸市场，增添了许多浓重而清新的色彩。

山区茶乡，轻雾缭绕，芳香而柔软。微风吹拂，茶叶如绿水浮动。茶园如诗如画，金黄的草帽、小花伞、七彩的罗裙、姑娘们的倩影、丰收的细语、低低的欢笑，如浪花般在茶的绿海中漂荡。清凉如水、温柔如羽，细密、潮湿而柔软的嫩芽被一双双纤手轻柔地采摘，放入篮中，送到作坊，进入制作加工的一道道繁杂而细致的工序，变成各式各样的成品。

陇南地处秦巴山地与岷山山脉、黄土高原交汇地带，属亚热带向暖温带过渡地区；东邻陕西，南接四川，是甘肃省唯一的全境属长江流域的地区；境内气候温和，雨量充沛；亚热、暖温、高寒气候相互交错，高山、河谷、丘陵、盆地错落相间，形成了“一山有四季，十里不同天”的立体气候特征，素有西北“西双版纳”之美称；境内自然生长的树种达 1300 种，天然生长着 100 多种山珍和食用菌，以及数百种中药材，这是纯自然的、原生态的陇南。由于陇南气候、地理环境的多样性和丰富性，茶叶们便很自然地选择了这里安家落户。现在，陇南的茶叶市场上，龙井、毛尖、翠竹、珍眉、铁观音等各类品种，应有尽有。

李子坝龙井：产于文县碧口镇李子坝村。全村范围东西长 15 千米，仅天然森林面积就达 2 万余亩，覆盖率 80%，日照充足，气候湿润。春夏时节，每当日出，团团薄雾从山顶越过，带着雾珠，使茶树苍翠欲滴。所产茶叶一片叶芽包裹着一个嫩芽，似旗枪。加工方法仿照西湖龙井，引进江苏“矛山青峰”的制作技术，行成扁形茶，其外形似一弯钉，扁平挺秀，光滑匀齐，翠绿略黄。冲泡后，香馥若兰，持久清高，汤清明亮，味甘鲜美，叶底均匀，一旗一枪，交错相映，栩栩如生。

龙神翠竹：产于康县南部阳坝镇的梅园沟、龙神沟一带。这里是国家自然保护区，山清水秀，常年云雾缭绕，气候温和湿润，自然环境优美，所产茶叶是制作高中档绿茶的上等原料。“龙神翠竹”采用清明前后萌发之嫩芽，用独特的工艺精心制作而成，其外形略扁，挺直隐毫似竹叶，色泽翠绿，汤色绿亮，清香持久，带有栗香，口感清新醇爽。龙神翠竹系甘肃名茶，产品畅销兰州、汉中等地。

阳坝珍眉：产于康县阳坝镇。珍眉属细茶之类，采用细嫩、叶背多茸毛的芽叶，加工时不炒不揉，晒干或用文火烘干，使白茸毛在茶的外表完整地保留下来，这就是它呈白色的缘故，因形似寿星眉毛，故称珍眉。珍眉茶性清凉，有退热降火功效。珍眉茶叶片的叶缘微卷曲，叶背披满白茸毛，叶面呈银绿色。珍眉冲泡后芽头壮实，银毫密露，色泽鲜亮，香气纯正，味醇甘爽，汤色橙黄。阳坝珍眉曾获甘肃名茶称号，其系列产品行销陇南各县区及兰州等地。

裕河毛尖：产于武都区裕河乡。这里青山绿水、气候湿润、温度适中，茶叶生产已成规模。所产茶叶只一个叶芽，细嫩颀长，条索紧实纤细，微卷曲。冲泡后，汤色翠绿、香清高、味鲜浓，叶底绿中透黄。裕河茶经过加工，已形成 10 多个品系，以盒装方式为主，而彩色绸缎的精美盒装，更使茶叶身价倍增。裕河毛尖曾多次获“甘肃省优质茶”称号，产品行销省内外，声誉很高。

陇南春茶被“打扮”成各种模样，出现在各地店铺的柜台上，端庄、典雅、幽香；遍布于陇南城区的茶馆、茶庄、茶楼，布置得典雅宁静，古筝音乐萦绕于耳际，恬静、婉转、优雅的茶艺表演，使人赏心悦目，碧绿的茶水注入磁杯、陶碗，啜饮其香，沁人心脾，闭上眼睛，陇南田园春色便于眼前铺陈展开；或于忙碌的生活之余冲泡一杯陇南清茶，那种被称为“茶”的生命在杯中复苏、升腾，在沸水中舞蹈，如沐春风。

云雾缭绕的茶乡，四季碧绿的茶园，清明时节的茶叶，万绿丛中的茶姑，琳琅满目的茶品，欢声笑语的茶肆，色清味香的茶水……这一切，形成了独具特色的陇南茶韵。

陇南有采茶节。陇南采茶节围绕将陇南打造成为“中国西北茶叶之都”“中国西部生态旅游胜地”和“中国茶文化之乡”的目标，按照政府搭台、企业唱戏、文化传媒、各方参与、群众受益的原则，走出了一条以茶兴旅，以旅促茶，融旅游、茶叶产业于一体，体现大旅游、大产业的地方特色旅游之路，充分展示了陇南丰富的旅游资源、美丽的田园风光和浓郁的南国风情，可谓是促进陇南旅游产业发展的盛会，弘扬地方文化特色、促进文化陇南建设的盛会，推动一方和谐繁荣发展的盛会。

陇南还有陇上江南明前茶鉴品会。陇南是甘肃唯一产茶的区域，因其“陇上茶乡”的美誉被人向往，主题为“绿色、健康、鉴品、洽谈”的“明前茶鉴品会”，倡导天然、绿色、健康的消费理念，集茶艺表演、茶叶加工展示、鲜活茶树展示、来宾鉴品、茶叶拍卖、茶叶精品展销于一体，集中展示了陇南茶文化的全景，四方嘉宾畅游其中，零距离走近文化陇南，被陇南茶文化的浓厚氛围陶醉。

从古到今，诗人们对春茶的褒扬多姿多彩，极其丰富。诗人们用春风之笔蘸着鲜艳的茶露，吟唱的每一个音符，都是发自肺腑的美好感受。

僧人齐己，也是唐代很有名的诗人，他的春茶诗意境深远，读来实感温馨亲切无比。他在《谢中上人寄茶》中写道：“春山谷雨前，并手摘芳烟，绿嫩难盈笼，清和易晚天。且招邻院客，试煮落花泉，地远劳相寄，无来又隔年。”齐己极崇春茶，故有许多描写春茶的诗词，诸如《谢湖茶》诗中的“若有新春者，西来信勿忘”，以及《尝茶》诗中的“春风雪川上，忆傍绿丛行。”抒发了他对春茶的无限恋情。

诗人文同认为，能称得上“茶圣”级别的春茶当数四川蒙山茶，他啜之品之，并契合自然、物化于精神高度来赞美。他在《谢人寄蒙顶茶》一诗中这样说道：“蜀上茶称圣，蒙山味独珍，灵根托高顶，胜地发先春。几树惊初暖，群篮竞摘新。”表明了蒙山茶在春天发芽时，采茶人个个挎起了篮子竞相采摘的场面。

诗人苏东坡以一代茶人的深情，把春茶描摹成花容月貌，冰雪心肠，兰心蕙质，神韵迷人的绝代佳人，其诗《次韵曹辅寄壑源试焙新茶》说：“仙山灵草湿行云，洗遍香肌粉未匀。明月来投玉川子，清风吹破武林春。要知玉雪心肠好，不是膏油首面新。戏作小诗君勿笑，从来佳茗似佳人。”读了这首诗，尤以“从来佳茗似佳人”一句，人们对苏东坡笔下的春茶，怎能不倾慕？怎能不心醉呢？至今人们把这一佳句，以“欲把西湖比西子”相对。苏东坡极嗜春茶，在春茶采摘的季节里，连睡前睡起都要喝，他常说：“春浓睡足于窗明，想见新茶如泼乳。”

一些诗人在以诗赞叹春茶的同时，也不忘采茶女的辛劳。清代诗人陈章，深知采茶女采摘明前茶的疾苦，她们往往是晨起午归不满筐，再加上官府苦苦相逼，对采茶女的命运深加同情。他在《采茶歌》中写道：“凤凰岭头春露香，青裙女儿指爪长。度涧穿云采茶去，日午归来不满筐。催贡文移下官府，那知山寒芽未吐。焙成粒粒比莲心，谁知侬比莲心苦。”

春茶的主要特点是，具有淡淡的清香，需要细细地去品味，不像夏茶那样浓郁，秋茶那样苦烈。有的人喜欢夏茶，有的人喜欢秋茶，全在于个人的爱好。但有一点可以肯定，就是在春寒之中，看到明前茶、谷雨茶，使人感到岁月已新，春天真正来了，正如元好问《茗饮》中写的“一瓯春露香能永，万里清风意已便”，紧接其后，便是万紫千红的满园春色了。人们对待春茶，似有一种归去来兮的感觉，轻轻啜上一口，感觉一种诗意在水中流动，有种豁然开朗的感悟，这流动的液体里，似乎渗透着、弥漫着茶的灵魂。

笔者信奉“粗茶淡饭”之说。什么是“粗茶”？笔者理解，就是中低档茶叶吧。精茶取其香，粗茶食其苦。人活在世上，酸甜苦辣咸，都得尝到。俗话说：吃得苦中苦，方为人上人。粗茶苦，但它不是“苦中苦”，顶多就是略苦一些，因而饮用粗茶者，不能做“人上人”，就只能做个“人中人”；能做个“人中人”，就已经非常不错了。何况粗茶淡饭，有益健康。知足常乐，既健康又快活，夫复何求？

（摘自作者新浪博客 2017 年 8 月 22 日）

天水古巷

王若冰

甘肃的天水多古巷。

天水的建城史，可以上溯到公元前 688 年的秦武公时代。在城垣面积并不大的天水古城，历朝历代拓延并保存下来的百年古巷竟有 160 条之多。

曲折幽深的古巷像静静流淌的小河，在秦砖汉瓦覆盖的城区无声无息穿行。那一座连着一座的深宅古院如停泊在河岸的古船，紧紧依偎在小巷两岸，把一支支古老悠远的谣曲从古巷深处吹送到街市上，弥漫全城。于是，这古色古香的小巷便从古城悠远的历史中蜿蜒而出，延伸到了现在。

被鳞次栉比的古老宅院簇拥着的小巷，原本是百姓进出行走的普通街道。忽然有一日，自这小巷深处走出的某个人中了举、做了官，或拼着性命在外边干了一件惊天动地的大事业，这寻常小巷便名声大振起来。平日里为柴米油盐累得愁容难展的左邻右舍，也都平添了矜持和自豪，整条街巷的大人小孩聚拢到一起披红庆贺。这种场合少不了要请几位德高望重的名人雅士壮壮声威，酒过三巡，有人提议说这巷子百来年就出了这么一个人物(或“这么一件大事”)，得请人给这巷子改个名，一为小巷扬名，二可昭示后人。一些时日之后，这巷口便建起了堂堂皇皇的牌坊，上面高悬起一块乌黑发亮的雕漆大匾，沿用了几辈人的巷名被一个名字、一句警世格言或一种古诗意境取代，小巷也如开创了新纪元，一夜之间从密如蛛网的众多街巷中脱颖而出，成了满城的荣耀。

位于西关伏羲庙路南的“士言巷”，原来叫“南巷子”。清朝同治年间，这条巷子出了一位官至户部主事的进士任士言。任士言品高行端，不肯与腐朽官场同流合污，“告老归里”后主持天水书院，成了名震陇上的诗文宗主。任士言去世后，州城百姓感戴他对当地文化教育事业的贡献，便将他居住过的“南巷子”改为“士言巷”。一个世纪以来，不论世事如何纷乱，“士言巷”在天水城的百姓心中，永远是一个蕴含了诗意和华美文采的地方。

一片古旧屋舍，几座朱漆门庭，正南正北地簇拥一条碎石铺地、仅容两三人并肩行走的小径，这便是天水古巷常见的格局。

小巷临街，巷口车水马龙，市声喧天，进了巷道，却又是另一番天地。悠悠的巷道把你领向古朴幽深处，两旁的古老宅院便显得高大起来。层层叠叠的屋檐从长满青苔的高墙上伸出来，把天空切割成一条窄窄的蓝色飘带，幽幽地在头顶飘着。巷子渐走渐深，巷口的喧闹渐渐被抛到了远处，凉飕飕、阴森森的寂静迎面扑来，恍惚间，你会有一种穿越时空隧道的感觉。如果你不收住脚步，继续往巷道深处走，原本平直的巷道忽然急急地转了个弯，你会觉得如置身清风拂面的魏晋，或雍容大度的汉唐时代。那种愈走愈深沉的宁静和寂寞，以及偶尔从巷道另一头悠闲踱来的一两个行人，会使你陷入一种迷茫，你无从知晓自己到底是身处闹市，还是在天高地远的乡村漫步。于是，你放慢了脚步，原本烦躁不安的身心像经历着一次醍醐灌顶般的洗礼，不思尘世，不念六根，只是静静地承受着古巷深处弥漫着的轻松和宁静。这时你才会明白，祖辈们依恋不舍的这幽幽古巷，原本是安放疲惫心灵的好去处。

在司马迁的笔下，汉朝飞将军李广既是一位开疆拓土、功高盖世的大英雄，更被司马迁奉为理想人格的偶像。李广故居一直被认为在伏羲庙附近的“李家巷”，大约是李广死后 1000 多年的宋代，故乡人民改“李家巷”为“飞将巷”，并在巷口立起一座牌坊，植下两棵槐树，为屈死千里沙场的英雄招魂。我第一次寻访李广故里时，“汉飞将军故里”的牌坊早已不知去向，并不幽深的巷子里不见一座起兽飞檐的豪宅。巷口唯一一座能让人感怀

天水古巷

逝去岁月的门楼残败不堪，门檐上长满了萋萋青草，不过守护巷口的那两棵千年古槐却老枝苍劲，昂首云天，为整座巷子带来一地凝重和爽朗的绿阴。

面对古老、破旧的“飞将巷”，我倒觉得在司马迁眼里的李广，身前和身后都怀抱令人隐痛的遗恨。好在有了这条小巷，有了冷月夕照下始终与小巷相依为命的父老乡亲，李广孤独而高贵的灵魂也就沐浴在永恒的人间温情中了。

汉唐以来，天水一直是东望长安之路上一座孤独的边地小城，是官场失意者、流浪者、守边士卒和远涉西域的丝绸商人告别长安之后，最后一盏温暖而苍凉的明灯。于是，这曲折延伸于古城腹地的幽幽古巷，便成了古城千年沧桑默默的见证者。

“旗杆巷”是天水城区众多古巷中并不出名的一条小巷，但作家杨闻宇一听到这个名字便感叹道：“这巷子应该是造旗杆而不是插旗杆的，专门有一条街为作战的军士制造旗杆，这天水的战斗气氛该多么炽烈、多么浓郁、多么迷人！”这个推断应该是成立的。历史上，天水一直是西域少数民族东进中原的一道屏障，胡汉杂居，战事频繁，即使在大唐盛世，杜甫在天水时所看到的，仍是一派“降虏兼千帐，居人有万家”的临战景象。两千多年间，天水一带到底发生过多少战事？从天水远行的戍边将士到底把多少白骨留在了漫漫沙场？史书和地方志都没有记载，但“旗杆巷”脚下的泥土，肯定至今还浸染着戍边将士的鲜血和泪水。

还有已经改名“马廊巷”的“雪耻巷”，象征回汉友好相处的“亲睦巷”，留下19世纪末叶天水城镇手工业兴起的淡淡回声的“染布巷”……千百年来，小城所经历的每一个日子，都被这条条小巷珍藏于内心深处，供后来者反复揣摩、品味和回忆！

从历史的烟尘与血泪中款款走来的古巷，如今是那么苍老、破败，然而对于世世代代沿巷而居的老百姓来说，这小巷是他们的根，他们生死难离的故土，他们最初和最后的精神归宿。古巷里的居民，以平民百姓居多，即使在“玩月楼巷”“醉白楼巷”“折桂巷”这样听起来诗意盎然的巷子里，也没有几户人家有把酒吟月的雅兴，所以巷子里最常见的是土墙灰瓦的普通宅院。

走着走着，如果对面竖起一座飞檐起兽的门楼，那必定是明清时代富户名门的古宅。这样的宅院往往门套门、院套院，占去了大半条巷子。青石铺地的庭院里，厅堂、耳房、厢房、门庭遥相呼应，自成一体。庭院里影壁回廊，门窗雕花，庭院中间秋菊春兰，四时皆景，假山盆景，飞瀑清流，俨然一处微缩的江南园林。若在春风乍染、小雨初歇、清风把庭院里的竹梅之韵吹送出来时，整条巷子便飘浮着古老的芳菲。

古巷是一首古老的歌谣，曲曲折折，缠缠绵绵，留下了多少幽怨的故事。“二郎巷”深处的“织锦台巷”，千载回荡着一代才女苏若兰深闺思夫的哽咽。时隔千年以后，每当走进这条空寂的“织锦台巷”，我便想，对于当今社会那些以理智而冷静的心态尽情消费爱情快餐的青年男女来说，苏若兰曾经在漫漫长夜里流下的泪水，还能不能打动他们的心？

一个骤雨初歇的黄昏，当我孤身一人从空荡荡的“澄源巷”走出来时，巷口之外正是万家灯火，世纪末躁动、恍惚的夜晚正在几步之外的巷口向四周漫去。然而，祖祖辈辈生活在这条条古巷深处的人们，却仍旧围坐在先人留下的桃木方桌旁边，静静地享受着古巷赐予他们的平和、宁静却又温情袭人的日子。

（摘自《读者》2007 年第 10 期）

凤凰山高渭水长

雷　达

多年前，凤凰山景区要搞碑林，家乡的主持者通过毛晓春先生找到我，要我写一幅字，且索之甚急。那时我没有写字的笔砚纸张，平时也不练字，只得想了一句话，由晓春发过去。听说我的话由家乡的知名书法家温子安先生书写后，刻成一碑。那句话是：故乡山川永在游子心中。现在，景区又希望我写一篇关于凤凰山的序，又索之甚急，督促者又是晓春；而我的情况恰恰不妙，老屋毛病甚多，需要装修，一时间居无定所，什么也干不了。但晓春几乎每天发短信，说必须写。于是我只好在堆集杂物的空隙，一张小桌前，写这篇叫序的文字。

我想不出别的，还是那句话：故乡山川永在游子心中。它朴实无华，却比较准确地表达了我的感情。其中的关键词是山川和游子。小时候，我站在渭河边的王家庄，经常隔河痴望斜对面的一座大山，它就是凤凰山。它像神秘的山神，又像威严的父亲，静静地伫立着，气象非凡。它俯视着、怙恃着新阳川及其周围的千家万户。与凤凰山相呼应的自然是山下的渭河了，渭河像一条闪闪发光的项链绕着凤凰山转。要是细品还会发现，从甘谷进入新阳的渭河，呈 S 形状，若要说它是八卦的形象，也完全符合事实。这是怎样奇妙而神秘的地貌啊。我不会看风水，也不懂堪舆之学，却能隐隐感应到这山川交织，刚柔相济的无穷意蕴。如果说，凤凰山是父亲，渭水就是母亲，如果说，凤凰山象征阳刚，渭水就包含着阴柔。渭河流域的文明，是中华文明最早期的形态；而秦人及秦文化的发端与源头，也在天水一带，只要看一看这里的山川形相，一切将不难理解。所以，不管我走到哪里，我也会想起新阳镇，凤凰山与渭水永远留驻在我的心头，挥之不去。

渭河上游，天水一带，往西包含西垂陵，大堡子山，往北包含大地湾一带，东望包括麦积石窟，文化土层极其深厚，按钱穆先生的见解，比之黄河长江的主流地区，文化还要发达。人文始祖伏羲出生于天水，应该就在这一带，具体是哪里，尚难确定。从三阳川的卦台山望下去，与从凤凰山下窥新阳川，地形都酷似八卦阴阳之图。大地湾文化把新石器时代的历史推到了距今 8000 年前，比河南渑池和西安半坡都要早许多。飞将军李广和悲剧人物李陵的故事，早已为世人耳熟能详。陇西李氏家族作为唐以前最为显赫的家族文化，正在成为全国学术界的一个重大研究题目。秦前期史的研究是薄弱的，史家往往从商鞅变法或秦东迁凤翔写起，其实，此前五六百年发生在天水一带惊心动魄的故事，还没有人好好写过。什么是秦文化和秦人的发端和源头，这是研究中华文明史绕不过去的极为重大的课题。

我小时候，因为交通不便的缘故，凤凰山庙会是有的，但规模较小。现在可不同了。凤凰山景区文化，已经成为声名远播的重大庙会文化活动了。它当然不仅属于所在地新阳镇及其四乡：琥珀、五龙、凤凰、新阳，它吸引了远到甘谷、秦安、天水市区，甚至东到宝鸡，西至礼县都有人赶过来。进香者络绎于途，商贾云集，摊位密布，篷帐如云，土特产贸易红火，香烟缭绕，秦腔声声，书画飘飘，小吃溢香。雷开元的《劈山救母》，马友仙的《洪湖赤卫队》，李小锋张宁的《花亭相会》，那婉转的声音在各个山头飘荡，时隐时现，真把我们带进了大西北的一个民间性的狂欢节，令人如痴如醉。这样活生生的民间文化，生命力蓬勃，对于构建乡村和谐社会有着良好的作用。

我说不出别的，只能反复咏叹：凤凰山高渭水长。这话有些平淡，细想却未必没有深意。我向往我美丽家乡凤凰庙会的巨大魅力，希望它越办越好。

（摘自《天水晚报》2016 年 4 月 21 日）

纯净的拉卜楞

徐梦雨

与拉卜楞寺的因缘开始于冯小刚导演2005年拍摄的影片《天下无贼》。影片中，傻根讲自己春节时一个人守在拉卜楞寺附近的工地上，困乏寂寞了，只能和荒野中的狼聊天，让一段让我印象深刻。可以想象，一个人、一群狼和身后寺庙中的佛爷，他们在一起，该是怎样一种奇妙的组合。我开始对这座藏传佛教格鲁派六大寺院之一的寺庙有了更多的向往。

7月，终于有勇气靠近拉卜楞寺和那里的神佛。从兰州出发，熟悉的山川河流在眼前闪烁，而那个陌生的目的地竟然开始让我有些忐忑。车过临夏回族自治州，抬头碰到雨天，烟雨中，清真寺隐约可见，这次行走开始有了神秘的宗教气氛。临夏是通往甘南和四川南部的主要通道。这里也是少数民族聚居区的分界之处，北面是回族聚居的临夏州；南面是信仰藏传佛教的藏族聚居区。

雨下得淅沥，但人却有些恍惚，想象中的佛寺和喇嘛们都是在蓝得醉人的天空下闪闪发光的，这一天阴雨，到底是让人的期望打了折扣。于是一路祈祷，祈祷云散日出。也许是进入有信仰的地方之后，人的心愿更容易被超然的造物听到，车到土门关的时候，阴云散去，阳光开始从云层中透下。来到夏河县城面前时，基本上雨住云开，眼前这座高原上的城池，背后藏着的就是拉卜楞寺了。听说，夏河县城是依托拉卜楞寺形成的，这让我有些诧异。也许是少见多怪了，但一座城市因为一个寺庙而形成，多多少少让人感觉到这座寺庙的神力。因为虔诚的信仰，因为大家每年都要在这座寺庙的佛爷面前许下心愿、带走心灵的安详，人们来来往往，从一个避雨的屋檐开始，一砖一瓦建造了一座城。

夏河县城其实很小，只有一条街道，我在猜想，这条街道的尽头是不是就是闪耀着光辉的拉卜楞寺了。

7 月的天气，在拉卜楞丝毫显示不出燥热，况且还是在雨后。漫步在雨后的拉卜楞寺周围，纯净的空气里混杂着煨桑的味道，清洁的空气在今天的世界里已经成为一种奢侈品，更何况还是在这里。我是有些迷信了，高原的空气原本就是纯净，而它们周围

拉卜楞寺

还有这样一座历史悠久的寺庙，纯净之外还有了神秘。我深呼吸了几口，好像这样就能净化自己了，吸进去的是冰冷、清香，慢慢吐出来，是一团浑浊。谁知道，拉卜楞寺里喇嘛们的修炼是不是也是从这样的呼吸开始的，寺庙中有节奏的诵经声偶尔飘过来，撞了撞我的肩膀，让我心里一动。

眼前的拉卜楞寺不是想象中那样佛光环绕，它安安静静坐落在大夏河北岸，坐北朝南，大夏河自西向东蜿蜒而流，像一只海螺。人类居住的城市，很多都在河边，这座高原上的城池和寺庙也不例外。它们立在凤岭山脚下，注视着河水，不知道这样的注视能不能帮助修行者证悟大道。凤岭山下，夏河之滨，这座 1709 年就开工修建的大寺是不是曾走出一个小喇嘛，在河边汲水时，心中突然一阵狂喜，觉悟了罗汉果。藏传佛教中解释的人生，轮转有序，我们这些凡夫俗子是不能知晓了，但拉卜楞寺里的万余间僧舍里，是不是有人能洞彻生死的奥秘；寺中最多时可以容纳 4000 名喇嘛同时诵经，高原上的梵呗之声中，会不会有如蓝天一样清晰的智慧。

这里永远都不缺少虔诚的信徒，又更不能少了活佛和精研藏传佛教的学者。据说寺中有两座专门的讲经坛，藏文经典也有 60000 余册，我一时间有些捉摸不定，这到底是一座盛放信仰和神灵的祭坛还是钻研教旨教义的学院，为什么我会恍恍惚惚想到中世纪的教堂，在那些存放信仰的地方，同样诞生了改变历史的智慧。这样的拉卜楞，让人难以定义。

钻进拉卜楞寺，我不能免俗，带着一台相机四处拍照。其实，拉卜楞寺里，需要带的只该是自己的信仰和谦卑，语言没有任何功效，而我们顽劣到只能用镜头来记录一点光影和光阴。那座拉卜楞寺西南角上的贡唐宝塔，与贡唐宝塔相呼应的拉卜楞寺大经堂以及大金瓦寺，他们面对面站着，都静默不语，寺内、塔中精美的雕塑和装饰是他们锦绣的佛心。

在寺内的一个角落，我走困了，也惊讶得累了。站在一处佛堂前喘口气、定定神，佛堂的地板铺着红色地毯，光影铺在地毯上面，让地板有沉浮波动的样子。一个小喇嘛迈入佛堂，一步步从容地踩在红色与黑色之间，他似乎看到了我，又好像从来没有见过。他只顾疾步前行，根本不想浏览信仰两侧的凡事。我更加惊惶了，这是不是我想象中在夏河身旁证悟罗汉果的小喇嘛呢？深沉缓和的诵经之声成了他释然走过我们身旁的背景音乐。

也曾经游走过不少山川宝刹，山林之间，总能引起人对人生和生命的思考，但这种感觉在拉卜楞寺内更加强烈。我从未想过自己未来的生活会是什么样子，更没想过我是不是会这么一直在藏地游走和拍摄下去。只来了这一会，为什么让我产生一种生生世世就在这里站立下去的感受。

（摘自《读者》2012 年第 8 期）

甘南草原，我的草原

胡有琪

一万匹白云，也拖不走甘南草原。

面对烈日的酷刑，她可以干枯，她可以荒芜，但她绝不会出卖春天的信仰。

也许，淫雨连绵，格桑花和芨芨草不得不忧伤，但她仍然会背着倒下的花朵，让草原走向希望。

也许，爱情会被白雪覆盖，露出苍白的脸庞，但她仍然会让马蹄的脚印告诉远方，脚印下面还藏着向往……

风刮过草原，还来不及得意，就伤了自己的手脚。

甘南草原，我的草原。

有马，在草原上悠闲啃草的时候，格桑花常常托腮，望着蓝天白云傻笑。

这时的草原，肯定布满阳光，马鞍卸在地上。

鹰飞来的时候，经幡肯定一路在念经文，慈悲指路。

而马鞭，肯定在打瞌睡，忏悔它曾经的飞扬。

而此时，阿妈的一碗奶茶肯定会为我的归来，高兴得滚烫。

甘南草原，我的草原。

走出草原的马，肯定不会成为骏马。

走出草原的格桑花，脸上会消失紫色的天真。

其实，再骏的骏马，它也走不出甘南草原的视线。甘南草原总是举着慈悲的手臂，呼唤走失的孩子。只要一闻到草原特有的气息，越界的蹄声便会戛然而止，回归。

而甘南草原总是放纵骏马。只要一听到蹄声响应起，便会端出安详，赐予蹄声自由、辽阔和祝福。

其实，再美的格桑花，它也离不开甘南草原的舞台。甘南草原总是默默地布置展台，格桑花野到哪里，甘南草原总是跟到哪里，让格桑花尽情地展露个性，活出模样。

而甘南草原自己总是一身朴素，素装。潮湿的青草，是她脸上最好的化妆品。见人她总是爱呢喃，感恩蓝天的仁慈，感恩大地的宽广，感恩小草的一片绿，感恩。

吉祥的甘南草原，每走一步，都会献上一条吉祥的哈达。

而我，不管走到哪里，总会唱一首发自内心的藏歌，音调悠长，音域宽广，节奏自由，高亢。一听腔调就知道，我是甘南草原的孩子。

今日，雪还在甘南念经

他们都说春天来了。

但是我却看见，雪还在甘南的大路小径上虔诚念经。

山梁上铺满雪的注释，树挂着雪的呢喃，河的脸上一团慈祥……

到处仍是雪的风景。

寺庙的长檐下，雪的纤手在摇动着风铃，梵音天降，一片吉祥。

一枚红日在雪地上走过，有一点羞，仍在轻轻轻轻地向雪献上一首诗，不肯大手大脚地消费眼前的时光。

有羊，啃着雪的纯洁，在三月走过。

有一串串捻珠，仍在雪地上匍匐……

三月的甘南，我的藏袍还在逐字逐句重温雪的演讲。

甘南的雪，还在三月拈雪微笑……

舟曲的三月

那场痛，仍在一块碑上镌刻，入骨。

那场殇，仍让一碗奶热泪盈眶，令草地上的牛羊低首。

甘南草原

有风常常溜回故地，长久徘徊，寻亲……

但在舟曲，春天没有隐身。

它举着一朵格桑花，从泥土里钻出来，抖了抖身上的泥，又开始大口豪饮春天的云。

它又配上雕花的马鞍，在草原上撒蹄，扬鬃，长啸。

舟曲的三月，牛粪仍然新鲜，花叶仍然幼稚，“陇上桃花源”的桃花又开始成群结队出游，为春天拍掌。

它在我的手掌里，仍然脉络清晰，山川如旧。

在舟曲的三月，那些健壮的男子又在开始唱情歌。

那些鲜艳的姑娘则是一脸春天，为爱情的降临精心准备花的手帕……

在石门沟古栈道行走

在石门沟古栈道行走，我一不小心，就踩痛了旧时记忆的马鸣声。

蹄声，穿越……

唤醒故城镇，唤醒峰贴城，唤醒平定关，唤醒武平，唤醒沙滩……

古栈道又开始复活，茶叶在问道远方的杯子，是否口渴。

而刀剑却在摩拳擦掌，又开始争强好胜，旌旗猎猎，一路摩崖心惊。

有风，惊慌失措，纷纷乱走，钻入草丛，藏匿隐身。

有花指着一枚红日，大笑。

我才看清，马蹄印虽在，回音已散，历史早已走远。

而此时，我的手机铃声响了。导游在问，我是否中了花草的埋伏，迷路。

尕海湖

在尕海湖，我们对饮一杯爱情。

尘世间的梦，渐渐透明。一切的一切，变得简单，如头顶上的一片云，纯，净。

而那么多的鸟，真的是鸟。它们视我们的爱情而不顾，而在使劲地洗自己的翅膀，刷自己的存在，嘀咕自己的快活。

黑的那么黑，白的那么白。

但它们都是朋友，从不亮翅对垒，搅乱一湖清水。

而我们的爱情，在它们的身旁，显得是那么的微不足道，就像两朵盛开的花，无足轻重。开，你尽管开。谢，你尽管谢。都是自然界的本来，自然如此，自然。

在尕海湖，我们洗净了杯中的虚伪，微笑对视。任那些神圣的誓言，慢慢下水，酿成一杯醇，醇香，醇厚。

此时，我们不收任何的馈赠。只接受花儿的摩顶祝福，只接纳天地的淡泊宁静。任风，喊出我们的小心情，爽，立地成佛。

两个凡尘中的凡人，此时此刻，不输神仙。
在尕海湖，我们聆听到彼此的心跳合二为一。
群山合掌。一地开悟的月光，护送我们的梦上天。

（摘自《诗歌周刊》2018 年第 321 期）

我是东风的孩子

赵　雁

我与《人民文学》的缘分和航天文学作品有关，小说《蓝星闪烁》、报告文学《星空并不遥远》都在这里刊出，由此引发了我对往事的回忆。我的写作无不打上东风的烙印。

“东风”就像身体上的胎记，由不得我喜欢或是遮掩，都坚韧地成为我身体的一部分，不可更改。

是的，我是东风的孩子，在那里出生，在那里长大。

东风，中国航天发源起航之地，现在已成了中国西部旅游开发的一个热门景点，尽人皆知。正规名称是酒泉卫星发射中心，又叫东风航天城，那都是后来才有的。在二十多年前，东风是一处秘密的所在，只有阿拉伯数字代称的点号和区域划分，没什么人知道。其光芒仅闪耀在某一天广播里的新闻播报：X 年 X 日，在我国西北某试验基地成功发射了 XXX……基本上是一句话新闻。但就在播音员语调平静的一句话中，出现的这个“某”，就像个巨大的犒劳，足以鼓胀起在东风工作生活的大人们的满腔热情和自豪，也将过往几百个日日夜夜的辛劳疲惫熨帖得平平整整，不起丝毫微澜。咂摸着这样的满足，开始下一次任务的准备。

对孩子们来说，这种自豪的传递和感染，只是微茫乍现，并不知晓其中含义。然而关于东风的感受，却并非五彩斑斓：刻入脑海中的是横平竖直单调的线条；是灰黄色的冷清戈壁和绿色的军装；是鼻孔里永远充斥焦烈的土腥味的干燥；是呼啸的西北风；是阳光暴烈的穿透；是一年中绝大部分时间饭桌上的冬储白菜、萝卜、土豆；是任务来临时神秘紧张的氛围和撂下一句“上阵地”便不见其踪的父亲；是每晚八点大喇叭里准时响起的新闻和报纸摘要，催促各单位准备进入政治和业务学习时间。当然，除此之外，也有一缕柔和清新，熄灯号响起前十五分钟，广播里悠扬如诉的小提琴曲，伴我入梦的常常是那些气质有些特别、眉清目秀、嗓音甜美的基地广播员的一颦一笑，那基本上就是我对“文艺”的所有美好想象。

东风似乎与外界毫不搭界，除了广播里的新闻和从外地休假出差归来的人带来的零碎信息，很难对外面的世界有一个整体的描画。也确实，电视是录播转播，报纸都是几天前的。嘴上的孤独寂寞绝不是矫情的代名词，甚至连欢乐和悲伤都是寂寞的。一说到外部，我们首先想到的就是北京，因为那是与基地联系最紧密的地方，所有指令都是从那里发出的，甚至父母的故乡也难以和它比拟。

封闭的世界下，“禁锢”我的还有严厉的父母。学校和家的两点一线是我的全部。以至于如今小伙伴们谈起年少时结伴自给自足的快乐，我总难感同身受。

时光的流动似乎也是最慢的。以至于如今我每每叹息时间飞逝，总要狠狠怀念东风带给我的奢侈时光。可那时的我，却觉得厌倦，总喜欢一遍遍看墙上的挂钟，盼着时间能快点过去，自己能快快长大，离开这个让人透不过气的地方。

所谓少年宫、小提琴、各种玩具、画架、音乐会、餐厅等等词语，都像漂在空中的五彩肥皂泡，只是存在于电影里和画报上的向往罢了。那些从内地转学来到东风的学生，一年甚至更长时间都会是班上年级里的明星，哪怕他们只来自于名不见经传的县城。

火箭、卫星、导弹对于我们太高太远，远不如日常生活中的花红柳绿来得实在。而这种见识上的缺憾，就像软肋，令我神伤气馁。我和世界是疏离的，隔膜的。

好在对外部世界的渴望，让我在书里找到了一些平衡。放学后，囊中羞涩的我常去东风那家唯一的新华书店，在店员警惕的眼神下，脸红红地站在心仪的书柜前流连蹭书。店员巡视的目光，如芒刺在背，至今难消。

抱怨了无数次的东风，终于变成了我义无反顾的逃离。毕业后，我像一条离水少氧的鱼儿拼命游向热闹接地气的生活激流中。我从苍凉的戈壁沙漠来到绿水青山的西南，满眼的绿色、丰富的时令蔬菜瓜果和那些没有被冷冻过的鸡鸭鱼肉，一切都是鲜嫩活泼的。走近热闹的街市，看到各色人等，见识各样新鲜。我从未如此接近内地的生活，我贪婪地大口呼吸不一样的空气。

当我说，我是东风的孩子，我看到的是怜惜。“那里可艰苦。”“东风出来的孩子傻乎乎，容易上当受骗。”我也曾经把性格中较真、认死理、不会变通，视为东风带给我的缺陷。

后来，我不仅远离了东风，还远离了航天。在新的领域，见识了很多原来连想也不敢想的人和事。不再有那么多约束和封闭，只要你愿意，天天都可以感受城市的火热、新鲜甚至匪夷所思。世界在我面前急剧放大，可我分明感到不适应、浮躁甚至惶惑。心中原本四平八稳的天平，开始晃动倾斜。我小心翼翼凝望这个时常让我碰壁，却又飞速旋转的世界，它从初始的绚烂夺目，骤然间黯淡沉默。

此时，东风又不可阻挡地来到我的记忆。曾经它让我抱怨、烦恼、迁怒、逃离，可现在它又是如此鲜活扎实地刻在心上。

唯有远离，才见真相。

曾经的单一线条和枯燥封闭，滋养的是纯粹和简单；曾经戈壁滩头孤清的月光，成为照亮周遭的明澈；曾经粗暴的阳光沙砾，也变成涤荡清污的抚触。

常常问自己，那是爱吗？答案是肯定的。但爱是世间最复杂的语言。它是饱览铭心蚀骨爱恨忧愤后的清渺；它是遍尝杂陈五味后，舌尖丝丝荡漾的回甘；它是阅尽繁烈万紫千红后，水墨画卷般的淡入淡出。

世事变迁，物是人非，回去的愿望从不强烈，但它落在心中的分量也非同从前。

那便是故乡的意义。

回不去的才是故乡。

我不再犹豫，我是东风的孩子。它就像接头暗号，成为茫茫人海中闪着光亮的辨识体，分布大江南北，本是陌生的人呼应而来。它是穿针引线的织布木梭，将散落在四海八荒、隔着辈分差着年龄的战友伙伴网结经纬，消除地域空间的壁垒，亲密围聚。

“我八一年在通信总站当过兵。”“我家住在零五区。”“我是八五级小三班的。”“我姐和你哥是一届的。”……大家如失散经年的亲朋故交，回顾共同的记忆。

东风有如进入人们幽闭内核的秘密通道，消解着高高竖起的防备屏障，放松亲切。我很惊异，也很感叹这份凝聚情感的力量。

追忆、怀旧是天空中燃放的璀璨礼花，高昂绽放后必有寂然落幕时。每个人终要回归独属自己的天地。

直到命运的推进器把我送入北京航天城，自己也成为一名航天人。很多人说，北京航天城就像缩小版的东风航天城，远离城市喧嚣，偏僻静谧。也有熟悉我的人说，你兜兜转转也离不开封闭和高远。

如果说，从前只是对航天的远观，受到火箭烈焰喷射的微幅振动。此时，我是真正置身其中。航天依旧生冷枯燥，紧张烦琐，过程并不美好。我还知道，卸下神秘的光环，无数的煎熬和等待才能换回一次局部小成功，若干局部微小成功，紧密连接，环环相扣，才有整个系统的成功。每个岗位都是咬合紧密齿轮上的小小锯齿，容不得你有一点出离跑偏，懈怠停滞。

也因此，每一次成功，带给我的都像火箭升腾带来的地动山摇的震撼。

那一瞬间，自小就耳濡目染的深及骨髓、血肉难分的天然情感被激活了，重新回望六十年前父辈来时的路，它带来的不仅有成功的荣耀，也有生命、血泪和汗水谱写的传奇。

我试着讲述他们的故事，从过去到现在，从现在到未来，从高远的太空到现实的日常。讲耳闻目睹的，也沿着太空飞行的轨迹去想象和证实。

我的主人公在小说和报告文学文本中游走，他们中有名满天下的航天英雄，有运筹帷幄的总设计师，但更多的是虽名不见经传却同样卓越非凡的普通工作者。 在庞大的系统工程中，他们只是微小的分子。他们或安静或激越，有失败有离开，有追求几十年而不得的遗憾，他们有脾气也会在评审文件时针锋相对，他们也有手头拮据寒酸的窘迫，也会有委屈到不知向谁诉说的憋闷，他们心怀柔软也会泪目。

世界最难是平衡，却要经常面对。此时，擅长以巧运智、攻坚克难的他们，却每每笨拙败北。变得“自私”，一人的事业，却需全家人鼎力；变得“无情”，然而背后又有多少“不得不”“别无选择”“情非得已”的痛苦、愧疚和无奈。他们并非圣人也非铁人，他们也有坚持不下去的犹豫，只是“刀架火烤”后，也从来没有丢掉过梦想。

有人质疑，在这个连呼吸都闻得到欲望的味道、利己主义已被装点到骨头缝的时代，他们的面目是否真实？是否经得起推敲?

我想说，他们可能是我们现实生活中的异类，他们的“傻”“缺心眼”不入流，也许还不被理解，更难得人见人爱，但稀缺便是珍贵。他们每一个人都值得尊敬和赞扬，是他们一点点描绘出中国人太空蓝图，他们是人类探索太空的先锋。铸就伟业一定有牺牲和奉献，当不可能变为可能，把不敢想变为现实，幸福感足以匹配曾经呕心沥血的付出。

感到无助迷茫时，我爱仰望星空。高远深邃的天空被赋予了无穷的意义和力量。探天者便成了智慧、勇敢、力量的象征。他们堪当这个时代的英雄。

我是东风的孩子。在我血管里流淌的血液，身体基因的密码都打上航天的烙印。请允许我有更多机会让这一特殊人群亮相在时代的大舞台，晒一晒，秀一秀。我希望他们的形象在我的文字中更丰富、更深入、更长久。

（摘自《人民文学》2018 年第 2 期）

祁连雪

刘白羽

欧洲中部蜿蜒着阿尔卑斯山脉，它那终年积雪的白峰，给欧洲增添了多么动人的姿色呀。我曾隔着一个碧绿的小湖眺望阿尔卑斯山，真是美极了。可是我见到比阿尔卑更美丽、更雄伟的雪山，却是在我国西北，从祁连山连接天山，雪岭冰峰、绵亘千里。

由兰州搭机西飞，有幸与关山月、黎雄才两位画家结伴。飞上空中，关山月一看舷窗外雨雾弥漫，大失所望，说："可惜，看不见祁连山了！"

人们说祁连山顶上开放着雪莲，赋予这祁连山以无限诗意，就更引起我一览祁连山的渴望。

登嘉峪关，却只见一派黄沙漫漫，天是黄的，地是黄的，未能一识祁连山面目，倒使我想起范仲淹词句：“塞下秋来风景异，衡阳雁去无留意……千嶂里，长烟落日孤城闭。”谁料第二天，倒是一派清明天气。当我乘车赴红柳沟，即昨日嘉峪关头、遥望中那片黑蒙蒙山峪中的一条峡谷，祁连山千峰万岭突然展现在我的左方，一层云雾被朝阳照成玫瑰红色，再往上，就是银白的雪峰。中午从红柳沟折回，此时云消雾逝，祁连山一座座山似雪、雪似银，闪闪发光，像是明眸皓齿嫣然微笑。祁连雪既已闪现，在酒泉这一日夜，我一直没离开祁连雪。

下午五时，我乘车来到数十进而外的戈壁滩衬托着白色的雪峰，格外分明。此时日光从西方射来，正好使我领略了祁连山的另一侧面。在这柔和光线下，雪却更加清晰，每一山峰上层层峦岭，道道峡谷，像雕刻出的缕缕冰纹，交相映错，而群山却是雪的锋、冰的剑，森然罗列，浩渺相连。

我立在千古苍莽，万籁无声的戈壁滩上，极目沉思，仿佛听到古代行旅的驼铃悠悠微响……

这天刚好是中秋节前夕，一轮明月，月光下祁连山会不会别有一番景色呢？我怕这个盼头也许落空，故而埋在心里没跟随谁说。深夜二时披衣外出，夜是那样幽静，月是那样皎洁，我走到一片开阔之处，啊，祁连雪峰竟如此之美！山上冰雪折皱十分清晰而又十分朦胧，夜色如同遮了一层细纱，祁连山静得像个睡美人。本来西北高原之夜就使人有伸手摩天之感，而这一片月夜冰峰，真使人有“琼楼玉宇，高处不胜寒”之叹，我深为看到平生难得一见的景象而心满意足，回去便酣然入睡，准备一早登程离去。哪里料到生活竟异峰突起，清晨起来，我无意间向祁连山方向一瞥，祁连山显现的绝景实在是“叹观止矣！”太阳风从东面地平线上射出第一线光明，莽莽平畴还觉在灰暗之中，而突露高空的祁连雪峰却照得一片鲜红，特别是峰巅，有如红玛瑙熠熠闪光，向下降是紫红色，再向下降则是深黑色的，这些色彩，缤纷交错，构成一幅艳丽的画图。我屏息静气、目不旁瞬。不久，东方天空浮出一片红霞，刚才所见的一切倏然消失，群山变得雪白，像是洁白晶莹的雪花石雕塑而成，从至白的峰岭上缓缓地、轻轻地移过一种柔和的淡红色。

这时，我想起昨天人们指着祁连山告诉我的话：当年中国红军曾在这里鏖战，有一部分部队进入祁连山，忍饥受冻，流血牺牲，活下来的一批战斗者，由一位卓越的领导人带着，历尽艰辛，穿过峡谷，突围而出。这样一想，我记起昨天下午从戈壁滩上捡到的一块石片，它赤红如血，它，也许是那些先行者在又荒凉又美丽之地洒下的鲜血所凝成的吧？

（摘自学大教育网 2014 年 11 月 24 日）

陇上行（上）

于　坚

大年初二，由陇西布衣邵氏带路，我们一干人再去陇上，以敦煌为轴，四下漫游。

说是去取经也可以。经，常也。经，可以是经典，“经者，纲纪之言也”（《左传·昭公十五年》），也可以是知识、常识、经验、生活方式……大到玄奘穿越沙漠取来的《大般若经》，小到向隔壁邻居求教一碗牛肉面的制法。取经之事每个时代都有，玄奘去印度，甘地去英国，鲁迅叫作拿来主义。经的含义和存放地各时代也不同，你认为那是经，那就是。此时代以为是经的东西，彼时代或以为是邪说，放之四海而皆准的东西只是在历史的短时段中，而在历史的长时段，什么是经？恐怕还是那种能够“生生”的东西。生生之谓易，易经之所以不朽，是因为它说的道理经得住长时段的考验。怎么都行，但是要生生，如果一本正经只令文明断子绝孙，那就是邪说。取，索取、择取、取舍。取必有舍，取也是一种遮蔽，取这个舍那个，文明就不一样了。如果玄奘当年西域取经，取来的是希腊罗马的羊皮书而不是印度的贝叶经，中国的历史恐怕又是一番面目。所以王安石告诫：“深思而慎取。”（《游褒禅山记》）

我以为在此时代，取经已不必漂洋过海，许多过去时代的常“常，质也”（《广雅》），“未变常也”（《易象下传》）。常，也可以说是经验（注意“经验”这个词，它有经历的含义，也有经久、经典、经常的含义）。由于维新、反常的流行而被大规模地毁灭、遗忘、遮蔽，往昔时代里的庸常者被升华到经的地位，常识成了真理。在玄奘时代，“南朝四百八十寺，多少楼台烟雨中”（杜牧《江南春》），敦煌那点香火简直不值一提。又比如往昔时代很普遍的绣工、手工、刻工、书法、唱腔、厨艺、园艺……失传令它们像传奇、秘方、古董那样稀奇起来，本来是庸常的存在，被时代升华了，从前暗藏在本相中的经典品质水落石出。往日陇上，唱梆子的、剪窗花的、演皮影戏的、拉面大王、塑佛像的、画栋雕梁的……今日令我们大惊小怪、目瞪口呆、叹为观止的鬼斧神工到处都是，也就是个糊口的手艺而已。这个时代的庸常事物的水落石出不是时间打磨的结果，而是时代的大革命、大拆迁所致，许多庸常事物仅仅由于守常，就成为特立独行。当宗教运动的洪流只剩下敦煌一处，敦煌就是挪亚方舟。伟大唐朝的庸常世界，只能靠这凤毛麟角的沙漠之舟去回忆、猜想了。对于有心人，在这个时代去敦煌与玄奘当年去印度是同等重要的事，曾经被印度遮蔽着的敦煌已经被时间遮蔽。佛教在印度都成了少数，敦煌还在着，因此它今天比北周或者晚唐更接近它的本相。这种本相的显现需要在宗教狂热消退之后。我不是唯物主义者，但也不是佛教徒，敦煌的魅力吸引我，那是另一种比导致了它的诞生的宗教更广泛的神性。其实敦煌在创造出来的时候就已经超越了它的宗教性的实用功能，有着比宗教更持久的美学力量，等待着更广阔的共享，只是时间未到而已。滔滔者天下皆是，经典遮蔽在庸常中。匮乏，又令经典于庸常中水落石出。这就是文明的阴阳两仪，有无相生。敦煌很幸运，它居然躲过了20世纪的反传统洪流，躲过了“文化大革命”，沙漠庇护了它的材料，它的高超手艺又保护了它自己，美的庄严妙相令任何时代标新立异者都不敢在这得道者面前轻举妄动。敦煌的庸常手艺已经创造了这种伟大力量，那就是：“天行有常，不为尧存，不为桀亡。”（《荀子·天论》）但是，庸常的世界不仅仅包括敦煌，那个为敦煌提供后勤的生活世界也不能反常、标新立异，它也必须一碗一碗地煮着拉面，敦煌才能殚精竭虑，达于极致。而在此巨变的时代，往昔许多被庸常遮蔽着的事物，都在面临着永远失传的威胁。

其实失传早就开始了，这是一个失传的时代。

坐几小时的火车，就到了兰州。黄河在这里穿过陇上。我第一次看见黄河是在郑州的铁路大桥上，后来我写过一首诗：

黄　河

我在钢铁大桥上看见黄河
阳光汹涌的河流呵
整个中国都听见它流动的声音
无数高山大树轰然塌下
永远不复出现
天空一片灰黄
只有船夫们的目光
天天起伏在波浪间
两岸的平原无际无边
色彩和土地一样贫瘠
只有白杨树是绿色的
它弯腰抵抗着什么
难道仅仅是风沙吗
在黄河开拓的土地上
北方的农民在大天空下干活
他们穿着黑布的衣裤
头上扎着白羊肚毛巾
仿佛是上帝撒下的种子

黄河日日夜夜
流过它们的村庄
流过他们的生命和死亡

1986 年

后来我到了黄河边上，是兰州一段的黄河。我立即走到河边摸了摸它的水，那时候，“走到河边”还是可以的，黄河之岸就是流过兰州城也还有原始河岸。我蹲下去摸了一把，黄河就不再是一个象征了，一股湿气直透手心。它是雪山上来的，清水变了色，像是煮过拉面的汤，但温度没怎么变。河上有一座铁桥，桥墩上烤羊肉串的炉子闪着火苗。桥是德国泰来洋行在 1909 年造的，还在用，有一股子铁腥味儿。人们早已忘记是谁造的桥，他们只是通过这个桥进城或者回到城外的村庄，仿佛这是一个天造地设的东西，只有写诗的唐欣还记得这是德国人造的。河滩上有一个扎羊肚毛巾的小伙子在摆弄一张黑乎乎的羊皮筏子。有人在不远处吼嗓子，他吼道：“黄草坡前黄草多，一对黄羊两对角，哎呀我的小妹送哥哥，哎呀我的小妹送哥哥……”这歌显然是从黄土高原的峁上流传下来的，他唱得油了些。那时候是 2003 年，十年后我再来，黄河岸已经不见了，羊皮筏子也不见了，扎羊毛肚子头巾的小伙子也不见了，黄河被水泥台坝砌起来。有一个晚上与兰州朋友喝酒，酒酣耳热时，一人站起来就唱：“黄草坡前黄草多，一对黄羊两对角。”哦哦，河岸不在了，歌还是传下来了，但总是觉得干涩，像是在图书馆里唱歌似的。在白塔山上看兰州大城很奇怪，身边是元朝的塔，敦实地扒着地，敬畏天高云淡。而黄河对岸的大城则摩天楼林立，每一座都高出这个塔几倍，高过塔基所依赖的山头。玻璃幕墙的反光戗得人眼睛睁不开，就像被复印出来的曼哈顿，生活在别处，20世纪以来，这个别处一直是西方。人们对西方物质文明趋之若鹜，过去时代或许忌惮崇洋媚外，因此羞羞答答，犹抱琵琶半遮面，现在可是亦步亦趋登堂入室冠冕堂皇了，市中心繁华的地段最高档，暗示权威、经典、标准的橱窗里供着西方模特儿。雨后春笋般崛起的房地产无论样式、名称（维多利亚小区、多伦多花园……）还是里面的各种配套设施，诸如电梯、马桶、抽油烟机、空调……以及放之四海而皆准的避孕套、取款机、贷款合同、感冒药、高速公路、水泥、钢筋、塑料、挖掘机、四室一厅……无不来自西方，图纸、配方、技术无不原样照搬、复制。这种拜物教神龛产生的信众远远胜过了大雄宝殿里的香火，从前的殖民者恐怕做梦也想不到这般光景。无可厚非，这说不上是普世价值，但真的是普世适用、可用、好用、耐用。如今已经是习惯成自然了，人们甚至都忘了西方的存在，以为中国世界本来如此，西装笔挺者把西方骂得一无是处在知识界时有所见。而吊诡的是，摩天大楼一层的街道上全是中国餐馆，拉面，拉面，拉不到头的面。出租汽车司机老王说，在兰州，如果每天吃口味不同的拉面，可以吃上一个月。老王自己有两辆面包车，靠各种关系拉点旅游团，老婆在火车站卖手机，一天能挣到一百元。他带我们去找一家他很喜欢的拉面馆，确实与众不同，面里有一股更好的香味。汗流浃背抹着嘴走出餐馆的时候，他指着对面那家说，他家的面片儿更好吃。这碗拉面令我对兰州深怀好感，就为了下一碗，兰州还要来的。邵晓平热爱的拉面馆就在他家楼下，一干人呼啸而入，一人一海碗，油红汤亮，牛肉片鱼脊般地时隐时现，个个吃得个叹息不已。完了乘电梯上二十一层，从晓平家的窗口可以看见黄河，这是一个仙人才有的视角。黄河就像一根被洪流粗制滥造出来的宽阔拉面，泛着青色的光，在远处的苍天下复原成灰色。我很喜欢看拉面师傅拉面，这场景就像我家乡昆明筇竹寺的一副对联写的：两手把大地山河捏瘪搓圆撒向空中毫无色相，一口将先天祖气咀来嚼去吞在肚里放出光明。永恒的拉面。世界变了，可怕的美已经诞生，只有拉面传下来。

2013 年 1 月 11 日，再次降落在兰州中川机场，邵晓平已经站在出口上，还是老样子，很在乎接到的人才会在那里站着，那样期待，翘首张望。他长得不高，但与众不同，模样天真，有些手足无措，秘书似的在僵直与热情之间犹豫。他不适应飞机场处处拘束的氛围，憋着，此处令英雄无用武之地，我们也不适应，乘飞机永远是场噩梦。能够用汉语阅读《水浒传》的人们嘴上不说，其实个个血液里都藏着豹子头、浪里白条、鼓上蚤、及时雨、小李广……要修炼到像戴高乐或希斯罗机场的乘客那样淡定自如、循规蹈矩，恐怕还得有些年头。见我们出来，得救似的，抢过箱子就走。一路无话，大地灰蒙蒙的，不是因为脏，也没有施工，冬天就是这样，苍茫荒凉，出色抢眼的东西都隐匿了，大气就显出来。到得饭桌上，立刻叫伙计上酒，酒液亮晶晶的流进杯子，晓平枕手歪着头看着它溢出来，露出孩子般的微笑。大块吃肉，大碗喝酒，到处可上梁山。晓平与我等“会师”不过一小时，已经大醉，戴着眼镜问：“我的眼镜在哪里？怎么看不清楚?”要去火车站时，信用卡火车票都找不到了，一身轻，不停地问，他们到了没有？林迪将享着福的醉人扶进车厢，任他去睡。林迪是满人的后代，不喝酒时文质彬彬、肝胆相照，喝了酒豪放激烈、肝胆相照。

我们此行要去的地方是敦煌、千佛洞、榆林窟、麦积山、天水。年前，晓平问我去不去敦煌，过年人少，可以再打开几个洞，我就心动了。有些事情你无法拒绝，比如看海、看落日、赏花、听鸟……都是必需的。这些趣味都失传了，世界也就死了。黄昏时，列车离开了兰州。春节出门旅游的人不少，但去敦煌这个方向的不多，敦煌早已不是烧香拜佛的灵刹宝龛，而是敦煌研究院。在零度以下的天气里，跑那么远，去黑漆漆的洞窟里跟着讲解员看那些模糊不清的壁画、残缺不全的泥菩萨，且不得烧香，相当不值。一般旅游者去那边，是被沙漠吸引，旅行社推荐敦煌，主要是推荐鸣沙山。爬到沙堆高处，再跟着流沙滑下来，这个项目，冬天不好玩。如果敦煌在这个季节，依然像以色列的哭墙或者梵蒂冈的广场一样人山人海，那就是另一个时代了。车厢基本上空着，这时候还要去敦煌的，那就是真的要去了，不是赶时髦。不久列车就到了荒原上，“满川碎石大如斗”（岑参《走马川行奉送出师西征》），岑参写过的那种地方。城市，置身其中，以为它铺天盖地、壁垒森严，难逃罗网，与那些叫作大自然的地方有着光年的距离。但火车只用了几十分钟，就把人带回到原始的大地上。同为交通工具，火车似乎与汽车不同，汽车属于城市，火车属于大地，这是我喜欢火车的原因，这一长串在大地上驶过的样子，总像是一种诞生，刚刚从母腹爬出来。汽车给人的感觉是赶路工具，赶路赶得人麻木不仁，对世界的移动变化没有知觉。火车给人的感觉是漫长，它的功能不仅在于赶路，还在于向人类提供一种视野，这种视野像是缓缓地展开一个个卷轴，火车适合观看与沉思。

在西部荒野中看见火车
那时我们站在旷野中间
以色列在西
莫高窟在北
仿佛从水里出来
火车再次开出大漠或者开回
摩西在车头上唱着歌
电线杆望尘莫及
车厢蠕动着
黑色的链条在滑出大地的轮子
不知道它运走了什么

不知道它运来过什么
我们站在旷野中间
捡起石块又扔掉
等着它走完剩下的铁轨
就像从未被运走的远古之人

敦煌周边，一路上都是灰蒙蒙的。似乎万物都在想方设法把自己的色藏到灰里去。灰是美的庇护者。灰蒙蒙的陇上，灰蒙蒙的兰州，灰蒙蒙的天水，灰蒙蒙的村庄、河流、山梁、荒原……天空中弥漫着灰，这种灰来自鸿蒙，乃造物主所制，落在大地上那就是泥土，落在田地上那就是面粉，落在姑娘们的脸上那就是脂粉，落在马家窑那就是陶……细末，不是雾，但像雾一样苍茫，无所不在，不会像雾那样化成水，雾散去，灰在着。在这个时代，灰多么令人厌恶啊，到处是工地，到处热火朝天，到处在拆迁，就是睡觉也得下意识地捏着鼻子做梦。这灰不是那灰，这是更古老的灰，一直都在大地上，马家窑的陶是用这种灰烧出来的。那种灰是灰尘，劫灰；这种灰是灰色，色就是灰，灰就是色。色不是空的，色就是灰。但这种灰并不单一，而是万色之灰，偏红的灰、偏黄的灰、偏深的灰、偏浅的灰、偏暗的灰、偏亮的灰、偏黑的灰、偏紫的灰、偏阴的灰、偏冷的灰、偏灰的灰……灰起自大地，又回归大地。灰乃大地本色，它赋予万事万物一种伟大的灰调子，灰色，说不清道不明，恍兮惚兮其中有象。这种灰可以呼吸，充斥于空气中，呈现于某种距离之外，总是感觉到它的存在，但到手的永不是灰质，而是面粉、煤灰、炊烟、脂粉、泥土、陶、朦胧的落日之光……

在这边，生命渴望出色。“出色”一词的出处应该来自陇上。生命一方面灰蒙蒙地混沌着，一方面又渴望着从这无所不在的灰中解脱出来。秦腔是一种多么出色的腔调啊，偶尔听见它们从灰头土脸的乡村里喷出来几句，那种凄厉、豪放，或者乖张、狷狂，仿佛压抑过度而对解放的渴望，也仿佛过度地纵情而死去活来，激越地醒耳。这灰色渴望着走红，于是经常会看见苍凉的原野里，走着穿红衣裳的女子，那真是红得出色哎。

我又看见了那种叫作“西部”的东西，荒凉闪着幽暗的光，大块大块地从天地尽头涌过来。一路荒芜，只有车站是繁华的，繁华只是荒原上被狮子猎获的一匹匹斑马，狮子后面是空阔无边的莽原。人依然被原始的力量所包围，被天空与黑夜包围着，被太阳和风包围着，被海啸和沙漠包围着，被地震和闪电包围着……在城市里很容易忘记这一点，人依然是原始人，从来没有突围过。文明千年，无非应付忽悠遮蔽原始的招数多了几招，掩耳盗铃而已，荒原依然包围着我们，漠视着我们的一切。列车是小角色，置身其中，你以为它披荆斩棘，风驰电掣，但在荒原，它只是比一只沙蜥或蜈蚣稍长些。无可救药的荒原，垦荒的口号已经喊了几个世纪，垦荒者的业绩看起来只是一群狗牙齿勉强在大象身上弄出的一点零碎。车窗外依旧令人绝望地开裂、混沌、苍茫。又一群星星熄灭，滚进了宇宙工厂铸造车间的黑锅，飕飕冷风从窗缝里灌进来。在南方，大地被千姿百态的风景遮蔽着，人们很容易在局部的山清水秀中夜郎自大。而西部总是呈现着大地的原始力量，风景永远只是大地上一闪而过的云烟，大漠孤烟而已，永恒的是漠，漠然，这就是大地的表情。一切小资式的感伤、改天换地的壮志雄心、另辟蹊径的标新立异、聪明绝顶、尖酸刻薄、野怪黑乱、乖戾夸张、愤世嫉俗……在这里都要黯然失色，被漠视。在大地的真相面前人无法出色，这是西部的魅力。回首兰州，已经看不清楚了，那些方才还不可一世的高楼大厦、灯红酒绿、丰功伟绩正被荒原抱走，像踢蹬着小腿的婴孩。最后的几点灯火像沉陷中的游轮翘起的尾部，再过一会儿，就啥都没有了，连痕迹都没有。大地上是否存在过兰州？在这黑暗的荒野上，恍如一梦。

列车停下，月台上走过几个戴着大口罩、只露出眼睛的人，他们包裹得严严实实的样子，令我想到荷枪实弹如临大敌的士兵。行李箱像是就要被宰杀的猪仔一样被生拉活扯着，他们在零下十二度中匆匆走过，迅速在火车站的铁门外消失了，如果星子从天空走下来，也就是这样。这些在严寒冬夜下车的人就像是去牺牲，酷寒是一种宗教，每个人都必须皈依它，为它牺牲。围巾、大衣、手套这些在南方被当作风度的东西，现在实实在在地、战战兢兢地发挥着用途，失去了小资文化的轻浮之美。宗教总是给人一种酷寒的感觉，每次在大教堂里，我都不寒而栗，现在明白了，那种冷酷的氛围其实也是起源于大地的。

经过整夜行驶，黎明时我已经失去了方向。我不知道我是在向东还是向西，朝北还是朝南。戈壁滩没有东南西北，从一片旷野到另一片旷野，无论朝哪个方向看都是一样的。沙砾，坑洼，残雪。大地看上去就像是废墟，谁把世界搬走了？沙丘和荆棘丛像旧棉絮似的这里一块那里一块，结冰的车站，有人在呵气，站着不动。

黎明越来越明，敦煌近了，沙漠环绕着它。杨树闪着白光，仿佛银子打造的一根根簪子，别在荒原的发髻上。有些骆驼站在勉强定居的村子里，露出头来，它们看见了列车？村头晒太阳的老太太头都没抬，列车在这边大地上弄出的动静太微不足道，也就是一条线的震动，不像南方，列车过时，一座山都汗毛直竖。列车员在车窗前收拾床铺，他要赶在到站前拾掇好一切，跟着我们一道出站回家。他归心似箭，大家只好站到一边，看着他忙碌。一大堆换下来的被褥扔在过道里，散发着袜臭，大家都不脱袜，乘客不信任卧具。我问乘务员是否如此，她说，卧具都是统一洗涤的，用的也是大家在家里洗衣用的那种洗涤液。其实如果细想，这些卧具肯定比旅馆里面的干净，因为没有肉体的接触，而且每一趟车都要换。有位乘客挂在车窗前的洗脸毛巾被外面的光照得雪白。敦煌刚下过雪，细腻的雪粒仿佛使沙漠一夜之间变成了白色的，凝结成巨大的光辉灿烂的板块。一个凌空而降的彼岸，那些藏着佛陀造像的洞穴深陷在岸边的峭壁上。邵晓平醒了，正在找眼镜。

鸣沙山·月牙泉

前年秋天我来的时候，旅游团狂沙般地席卷敦煌，那些壁画几乎看不见。现在没几个人，守卫的士兵趁着阳光大好，坐在为游客准备的长椅上打瞌睡。尘嚣散去了，敦煌安静地露出来，洞窟前面的大河结了冰，沙漠被雪洗过，显得更为圣洁。敦煌只有两块，莫高窟以及包围着它的一切，包围者纯净神圣，没有杂质，大地的作品；被包围者幽暗深邃，五色绚烂，人的作品。占得一首《雪后谒莫高窟》：

敦煌起天末
一色掩万颗
雪平沙不动
窟高释有课
香火无消息
丹青细琢磨
游客不来了
仙人房间阔

托邵晓平的福，再进45窟，温柔的中正。比较之下，北魏的作品令人战战兢兢，太硬，宋的东西大约又自觉望尘莫及，偏于呆板。这是比较而言，如果独立看的话，都是第一流。敦煌色胆包天，无法无天的色，色就是空。色本是赞美诸神的，但色的极致超越了这个赞美，诸神成了色的载体，空明，超越了宗教的局限，共享成为无边际的。空无的在场导致阐释的激情，导致“六经注我”（宋·陆九渊《语录》）的“有”的万象。道生一，一生二，二生三，三生万，也可以说成：道生敦煌（佛教），敦煌生造像（缘起），造像开眼（众生），众生如千手千眼观音，有万只眼。道是一，也是万千微妙。每个人都看见敦煌，但每个人看见的都难以言说、确认、定于一尊。佛的面容移步换景般的微妙变化，有时候看着是佛，有时候看着是俗人，有时候看着是母亲，有时候看着是父亲，有时候看着是爱人……不确定，前一步后一步、左右、蹲着站着感觉都不一样，庄严中正而又温柔慈悲的气息。身怀喜悦，身在欢喜，仿佛某种持久而纯净的做爱过程，只有持续宁静的快感，而没有丝毫邪念。不再是肉体的快感，而是精神的快感，但身体的魅力并没有消失，来自身体的直观就在眼前，令人着迷，恋恋不舍。只有置身这个场中，才能心领神会，身心俱焚。敦煌是无法被复制的，那些画册永远只有介绍信的功能。邵晓平没了眼镜，凑得最近。

275 窟，李坚蹲着看了很久，拿个手电筒，一寸一寸地琢磨。他是做雕塑的，热爱天真拙朴的东西，275 窟正是。

北凉时代塑的菩萨，交腿而坐，穿着裙子，两边是狮子，令我感动至深。光芒微明、慈悲。伟大的作品，伟大是如此健康、质朴、强壮、美妙、近人。某种美女和力士合为一体的状态在阴阳之间微明，交替于人体最有魅力的部分，丰满圆润，吸引着人最纯洁地去爱、去皈依，一种被唤醒的最深刻的性欲，望着它，我无法自拔。这样的神态竟然被如此亲近地凸现在人面前，世界上的一切宗教奇迹都不足道了。它们太远，总是太远，总是在上面，总是有隔岸观火的距离。而这位菩萨即刻就进入你的生命中，仿佛是你的梦坐在那里，你的喜悦、你的尺度、你的爱情。凝神，他凝聚了神，神被凝聚在那泥巴中。这个窟有一种隐隐的源自西域的阿波罗精神，崇尚青春感、力量、精神。

早期的作品还有青春气息。青春其实是拘束的，期待着解放，解放难免乖戾、极端，而唐是伟大的成熟，秋天中丰腴的大地。夏日已逝，但死亡还很遥远，生命最强大的时刻，最盛大的时刻，悲剧的黄金时代，自觉地内敛，丰满飘逸是内敛的结果。无论早期还是晚唐，唐敦煌都不歌颂乖张夸饰的青春气象，绝不旁溢斜出，它是伟大的创造，到神态为止，诸神从来不是青春狷狂之辈，神态是一种中年状态。就是涅槃图上的神，也是中年，这不是年龄，而是精神的饱满，完美。

220 窟。第一次进来，是贞观时代的场，壁画上明确地写着：贞观十六年（624），环壁是一场欢乐颂。神在上面、中间，世界在下面、周围。在同一场中，同时建构与解构着，匠人们创作中间的时候庄重，严谨，但创作下面、周围的时候却很放松，做鬼脸，解构似的。不似上面、中间的诸神都有模式、样子，只能稍微逾距。都是随心所欲而不逾矩，但程度不同，与中间和上面相比，下面周围的世界画得更狂放、生动、野性，建构与解构阴阳互补，彼此交替。这里的王不是佛陀，而是工匠自己的笔墨，世界与神明的距离，全掌握在他手心，他画得越登峰造极，世界与神的距离就越接近。欢乐颂，白天夜晚，鼓乐齐鸣，歌舞升平，神人同乐。但不是西方交响乐里面那种围绕着指挥棒的、被组织起来的强力欢乐，而是天地神人各有其位、各得其乐的欢乐颂；不仅因为神的在场而乐，更因为欢乐在场而乐。帝王被画在一个角落里望着这一幕，惊呆啦！似乎在考虑是否退位。

天地神人的欢乐颂，是线条和色彩的狂欢。有个舞女，完全是王羲之的草书，云烟醉舞。隶书、篆书、草书、楷书，甚至涂鸦分布其间，但尊卑有序。这组线条是颜体般的丰厚庄重，那组线条泛着隶意，篆书的装饰味道，赵孟頫式的端庄清秀；这组线条有永和九年的曼妙，那组线条有怀素的迷狂。“三月三日天气新，长安水边多丽人”（杜甫《丽人行》），图中全是美人啊，佛陀、菩萨、侍女、僧众、供养人，无不是美人！女性化的线条，就是男性也是云般地飘着，柔美丰满肥厚。

再进158窟。永恒的美，超越环抱着它的大漠，那个诞生它的春天早已过去，无数时代也被时间消灭，但它还在这里，慈悲的美。无言，默视良久。后来朱晓阳在昏暗中说，涅槃图也是《最后的晚餐》。然！达·芬奇《最后的晚餐》是虚构的实景，气氛诡秘，黑暗的面容，写实的刀子、钱袋，不信任，怀疑，出卖，秘密的氛围，悲剧的最后一幕。涅槃图是另一番景象，表现性的，突出的是一种精神力量，佛陀的巨大身躯和超凡脱俗的面容都是纯粹的虚构，但并不离奇。它只是超凡脱俗，但没有丧失与人世间的亲和力，那样巨大的身躯我们以为是自然而然的，那真是佛的身躯。神之离去也像安息的父母一样，闭目睡去，僧众像子女一样围着痛号。这是一个相当世俗的场面，如果不说是涅槃图，还以为是谁家慈母睡去。那睡去的神态是大漠的神态，灰色的神态，不是死亡，而是在喜悦中安详地睡着了。死亡并不存在，佛睡在永恒的喜悦中。坐着，它是偶像，躺下来，是大地之身。

佛睡了，大漠醒着，这就是出色。

必须向过去学习生活，向敦煌学习生活，向大漠学习生活，向兰州城里的一碗拉面学习生活，向沙漠上的一只秃鹰学习生活。道法自然，就是向过去学习生活，生活不是创造，新生活并不存在，美好的生活世界总是对存在的再次领悟。它们存在着，我们才知道何谓生活。在往昔的时代，向历史学习生活冠冕堂皇，谁也不会嘲笑玄奘，他的西天取经就是向过去学习生活啊！佛陀难道不是过去的神吗？难道不是一种生活方式吗？敦煌早期洞窟里的造像显示，这个大智者是赤脚的、浑身充满力量的壮硕男子，他的身体被赋予一种大地的质朴力量，他确实是赤着脚走在大地上传他的教的。只有过去才存在着未来佛。

敦煌其实就是过去时代的一只碗，那些不朽的画面其实是在告诉我们何谓生活。敦煌在它自己的时代不是梦，而是现实。敦煌在时间中成为梦想，这个梦想使我们知道何谓黄金时代，何谓真正的生活。这是关于生活的伟大教科书。

马云、陈恒还惦念着前年秋天在敦煌的集市上吃过的某碗油泼面，我们就去找，那个大排档还在着。当时，这个被锅烟子熏得黑乎乎的大棚里，人声鼎沸，到处火光闪闪，一张张汗水淋淋的光脊背在流着热光，啤酒瓶倒下一大片，走路不小心就人仰马翻。现在荒凉了，许多摊主回家过节还没有开业。他们立即认出了那位老板娘，老板娘受宠若惊，外地食客再找上门来恐怕不多。我感觉不妙，过节都不打烊，大约不会好吃到哪里去。面抬上来，味道一般，马云和陈恒很失望。这是两个不同的场合，前年，水涨船高，大棚里热火朝天，人满为患，恐怕哪个摊子都是好吃的，现在嘛，水落石处。那本是一碗无心之面，只是为了赚个小钱。

（摘自诗歌阅读馆 2017 年 3 月 17 日）

陇上行（下）

于 坚

当我们来到敦煌的时候，一场雪刚刚过去。

世界皆白，只有那黑暗的洞窟中，生活的细节灿烂、美丽、自在。

辉煌的宁静。过去不会过去。

西千佛洞在莫高窟以西三十多公里的峁之间。离开一向笔直朝天的水泥大道，离群小便似的拐进荒原上一条在沙砾中碾出来的毛路。只见四野茫茫，什么也藏不住地平坦，就是电线杆子下面的一双被谁丢弃了的旧手套也看得很清楚。电线杆子立起来，手套也磨烂了，就地一扔，也许还点着了一根烟，过滤嘴烟头也在附近。手套子已经白花花地要归于尘土，过滤嘴却完好无损，它不属于万物。生产它的人们说不定都已经死啦，它还在，坚挺在沙粒之间，沙蜥当它是路障，绕着走。哪里有啥千佛洞啊，这边只通向混沌，大地上浮着一层薄雾，一丛丛枯黄的荆棘溃败般地倒向自己的影子。忽然间，荒原已经到头了，车子停在大地边上，辽阔平坦不见了，大地掉下去，成为一条巨缝。低头看了一下，泥沙和卵石搅拌成的缝壁垂直而下，墙面般的，看不到底。对面是另一堵巨墙，雄浑、苍老，如死去的象群，我就站在这庞然大物的顶上，后面是辽阔的野地，脚前就是堆积在深渊边上的灰，立刻就害怕起来，被谁揪着后领退了回去，否则不知就里，再迈一步，就滚下去啦。我们的车子一直呈“向前，向前，再向前，我们的队伍向太阳”之势，已经不会后退一步，或者说后退是一种公认的耻辱，前进成为习惯、惯性，就是刹车也是为了更快地前进。但这是大地的命令，站住！要么去死吧！

荒原上藏着许多废弃的工程，没有任何预兆，因为已经死了，工业的遗体。这是其中一处。

水电站游记

我们沿着大地的边，被俘虏了似的，小心地跟着古代匠人走过的路线走下去，千佛洞就开凿在大地侧面。一只只深陷在砂岩上的窠，看不见鸟。底部是一条大河，当地人叫作党河，就是一条名字发音为“党”的河流。几天前下过一场大雪，银子般灿烂汹涌的党河被冻结了，停住，大地命令，于是它结冰得道，耀眼刺目，寡到极致，每一粒雪都在发白。岩壁上的千佛洞越发显得黑沉沉的，陷得更深，深不可测。世界渴望着夺目，众神在黑暗的深井中垂目微笑。

游客就是我们几个，狗响亮地喊着，文物所照常上班，几个职工坐在办公室闲聊，管理员提着一串钥匙，走去为我们开门。所有窟的钥匙都在这一串上，这种举动与罗浮宫的壁垒森严比起来，有点令人提心吊胆。这种漫不经心来自一种古老的安全感，神龛是不可知者的在场，谁敢偷鸡摸狗？中国俗话说，请佛容易送佛难。佛像是不可知者的偶像，一旦偶像建成，只能守着，如果毁弃，不可知就吉凶难卜了。像西方考古学家那样，把佛像的身子切割运走，是造孽，要被天打五雷轰的。佛在中国人心目中，并不认为它们是可以搬进博物馆的雕塑作品，这是某种超越了世俗生命的更广大永恒的生命，它们也会死亡、被杀害，但它们的死亡乃是一种罪孽。中国人敬畏老天爷，万物有灵，所有的神都是天上的，佛教徒的偶像也是天神，必须敬畏。只有那些把自己卖给阎王，不怕报应的人，才敢毁损佛像。这个传统被突破了，政治正确的虚无取代了神的虚无，谁政治正确谁就是神，这是中国历史的一种深刻转变。但这种转变依然是局部的、阶层性的，还有更深厚的阶层延续着古老的敬畏，一旦浩劫过去，敬畏就卷土重来。因此，千佛洞的管理员才敢这样慢条斯理地甩着一串钥匙带我们去看那些国宝。

我们跟着管理员，打开手电筒，走进那凝固在岩壁上的黄金时代去。这些色啊，这些北周、北魏、西魏、盛唐、大宋的色啊，是如何从灰烬中升华出来的？一步之隔，外面是令人绝望的灰，里面是长安如云的美女、繁花杨柳、歌台酒肆、得道成仙的俗人……外面是如此大灰大寡，洞窟里却是如此出色，灿烂。自然，那层灰无所不在，包括壁画，就是它载着如此多的庄严妙相，也要灰掉，但在众灰之中，它们依然是灿烂，灿烂不是孤立的，灿烂就是灰中之灰。

洞窟里的佛像大多已经毁掉，残肢败体，露出了内部的支撑物，一根木棍。当它满身金箔的时候，我们会忘记它的泥胎，感觉那些菩萨罗汉内部确实藏着灵魂似的。灵魂是塑造出来的，塑造这个活计很具体，木棍、泥巴、稻草、米浆、颜料，研磨金粉……以及鬼斧神工。就是把一切填料颜料都填进去、抹上去，惟妙惟肖地捏出样子，灵魂未必就能召唤出来。有些佛像虽然已经面目全非，但剩下的残体依然出神入化，灵魂一旦被唤醒，那么它们也是很难被毁灭的。有个窟里面，壁画的细节已经完全丧失，只剩下最开始的几根粗线条，依然是神采奕奕。有幅壁画上用墨写着几个现代人的名字，他们是 20 世纪 30 年代跟着张大千来到西千佛洞临摹壁画的学生，包括谢稚柳等几位，这几个名字有一个被涂掉了，据说是张大千。这个现代人将敦煌视为博物馆，他一方面保护它，另一方面也摧毁它。他不满足于敦煌呈现于时间表面的这一层，他渴望更深刻者，表面的后面，黑暗深处或许还藏着晚唐，他的探究事物真相的现代欲望驱使他残忍地将一些壁画剥下，永远地毁灭了它们。我们一定要什么都知道了才罢休吗？张大千渴望知道被清、明、宋覆盖着的晚唐，当他将时间剥去之后，他发现那里只是无。无论为人还是作品，张大千都是一个二流的家伙。

大地如帷幕般地被推向两边，党河就在这宽约一公里的泥石流上涌过来。南边的砂岩帷幕上是西千佛洞，北边是原始砂岩，灰暗阴沉，砂岩顶上是大地，一马平川。党河发源自祁连山，一部分结了冰，但河水依然在冰下面奔流。依然可以看出当初洪流是如何将大地切开涌进来的样子，犹如战场，千军万马刚刚卷过。河滩上布满卵石，像是急行军落下的满地鞋子。雄浑大气，幽暗的砂岩犹如老迈的象群。有一片河滩后面的砂壁上写着“神枪”二字。一条土路从峁上冲下来，看得出车辙印，似乎有人在此地练习射击。同样的地址，人们可以看见佛龛，也可以看见靶子。

榆林窟也是在洪流冲击形成的砂壁上，窟底是榆林河。乱石滚滚，水流在石缝里穿行，地势狭窄。一切保持着古老的模样，仿佛洪水才在夏天退去，而那些供着诸神的龛仿佛是刚刚从洪水中露出来。其实它们开凿于隋唐时期，那时候就是荒凉之地，今日也非常荒凉，旅游洪流不光顾这个地方。1960 年公布的全国重点文物保护单位，形制如同一个村庄，安静、简朴的山沟沟，文物工作者在山坡底上勉强开出一两块地，种点杂粮。洞窟里藏着一批不朽的壁画，有时候来几个游客，进去诚惶诚恐地看上一眼，立即走掉。如果游客要吃饭的话，只能在管理所的食堂。我们是中午到的，所以在食堂吃了一碗臊子面，臊子就是切成小方块的土豆丁，味道很土，好吃。

当时，洞窟和窟前的殿宇是溢彩流金的，岩壁上还有壁画。现在，贲象穷白，铅华洗尽，显出了时间的力量。有些窟挖得相当深，简直就是地道，不知道匠人们在这么深的地方创作，光是如何进来的。要有光，没有光就没有色。看画册与在现场时完全不同的，场不在了，空间成了平面的、有规格的，照片就是照片，无法取代真相。这些壁画是环绕着一个空间展开的，一个仪式，塑像在中间，周围是壁画环绕，光线变化不定，众神若有若无，而不像照片那样精确无疑。

25窟，我又看见了唐，那些不朽的飘带，那些丰腴的下巴。不能说破的是，他们把神画成了梦想的能带来极乐的女性。丰满如乳房的脸，柔软而又热情如火的身体，这是美女如云的世界，美女的树林、花园、衣裳、遮羞布、饰品、楼阁、花朵、云彩、神情，但不是淫荡，或者是超越的淫荡，升华了的淫荡。这是淫荡的飘逸、肥厚、圆润、贞节……这是凝神的淫荡，凝固永生着诸神的淫荡，某种场式的男女双修，永不抵达的在途中的欢爱。

洞窟里的灿烂生活使外面的世界无比呆板枯燥，那是大地的无德的枯燥，还是回去接着画吧，只有那阴暗洞穴的深处才有世界。这一点颇似卡夫卡，他要在最深的房间里写作，这并非自我的强迫，而是房间外面的世界太没有创造性，永恒就是不再创造，创造是人的事。

长安对于他们来说是一种前世，这些杰作是对前世的扮演，对死亡的回忆与扮演。洞窟外面是荒芜，只有令人绝望的灰，无始无终的灰。匠人要出色只有凝神于洞窟中，只有他的内心、记忆里才有他的色，他的世界，他的女人、神仙、生命、时间。他一次次地在洞口张望，天空和山沟永远如此，象群般的砂岩永远灰蒙蒙地挡着，他只有回去回去再回去，回到他亲爱的黑暗里，一次比一次更深，一次比一次更色，那就是无休无止的做爱，与色做爱，与线条做爱，在做爱中凝于神性。

29 窟，西夏时代的作品。最幽深的窟，令人颤抖，如此美妙，难以言说。在如此近的距离窥视这些神真是可耻，许多画面已经卷皮，只要一碰就要剥落，但人们无可奈何。这种美的诞生并不是为了不朽，只是为了缘分，有缘之人必然会看到它们，并完成下一个轮回。博物馆在研究帮助它们不朽的技术，他们试图发现某种令蒙娜丽莎们永垂不朽的技术，在时间面前，这种技术只是徒劳，但缘分是存在的，只有缘分能够令美不朽，美是轮回而不是凝固。这壁上的每一幅菩萨都美过蒙娜丽莎，蒙娜丽莎可以置于博物馆供人们观摩、意淫，而这里的条件、材料本身就是一种神性，它保证神无法被亵渎，无法被复制，无法不朽。如果神韵得以流传，那是缘分。我们是通过手电筒才窥视到神态的，就像在犯罪。我们在死亡中看着这个活了一千多年的世界，我们是有缘分还是最后一批死者？

19 窟的壁上有一行毛笔书写的墨色题记，相当清晰。写的是大礼平定四年有僧俗四人前来巡礼，考古学家考证，大礼当为大理的同名异写，平定是大理国的年号，这是大理国游客留下的题记，时间在五代两宋时期。我们这一行也是云南人，仿佛他们前脚刚走我们后脚进来。如此遥远的地方，从云南来，走路的话少了两年是走不到的。那时候敦煌就已经影响到遥远的云南了吗，以至人们要赶来膜拜？或者他们是步玄奘后尘，要去印度？但如果去印度的话，从云南去更近。或者玄奘之路已经改变了方向，不是《西游记》而是《东游记》了。

漫游敦煌地区之后，去麦积山。那是一个阴天，麦积山像一朵莲花或者一枝麦穗，远远地就看见巨大的佛像雕刻在山壁上。远古开始的为大地文身的运动在这里登峰造极，人们在山壁上雕出了那种领悟于大地的宁静庄严的感受，而这种感受通过偶像呈现出来。这不是宗教的偶像，而是大地精神的偶像式升华。

最高处是唐代的作品。沿着梯子爬到接近山顶，钻出一个岩洞，我忽然看见了，天神呵！

腰上的描金的泥巴束带仿佛在飘扬。天阴，光线柔和，佛像自身的光亮了，周身漫射着慈悲之光。都已经七百年了，依然这样完美。完美得恐怖！唐朝就在跟前！天香国色触手可及！唐朝是一个什么朝，看这雕塑群就知道了。那些黄金时代的身体，那些美妙迷人的姿态，那些霓裳羽衣。宗教在那些时代并不沉闷，活泼泼的，享福般的，每一尊神都在微笑，微笑不语，置身大欢喜中而微笑不语。都是泥巴捏成的呵，在如此漫长的时间中，真可谓泥菩萨过河，自身难保。风吹雨打不说，世态炎凉，人们在各时代的世界观也不一样，却大部分保存着，残缺不多，可想见人们是怎样一代一代地维护着它们。每一个时代的人都折服于麦积山诸神的美!

如果那时代的人没有感受到那种伟大的满足，他们搞不出这种东西。丰满、丰硕、丰厚、丰盛、丰盈、丰富、丰收，既放荡肥厚又中正微妙，自然而然沉稳厚重又活跃着飞扬跋扈的激越创造力。反观我们时代的东西，总是有鬼鬼祟祟、贼精、故意做作的感觉，因为人们从来没有光明正大地踏实过。麦积山也是摩天大楼的高度，虽然令我们接近诸神的现代脚手架有点摇摇欲坠，但有一种巨大的信任感，依靠着，不由自主地依靠着，就是死亡也依靠着。

无法描述。

麦积山下散布着古老的村庄，一眼看下去，还真是唐时的样子。炊烟、隐约的瓦色屋顶，白云回望合，青霭入看无。有一家盖了房，门楼上挂着个新刻的匾，写着“耕读第”。忽然乡村大道上滚出来一列锣鼓彩旗，前面的人开着拖拉机、卡车，卡车上站着装扮成神仙的人们。车中一红色条幅上写着“贞观盛世”，“贞观”作为一种生活典范，竟然被向往到现在。向过去学习生活！他们要去麦积山祭神，工具装饰不同了，这由不得人，但信任依旧。大年初七，人们穿红戴绿，都在笑着，他们显然信任麦积山。

我们去村里一家吃饭。主妇胖嘟嘟的，唐朝式的满月脸红通通，生过很多崽的样子。她女儿更美，丰满天真，红棉袄，在切面，要做臊子面给我们吃。厨房的窗子朝着田野，窗口下面挂着一排金黄色的腊肉，案板黄澄澄的，她低着头切面，切得就像敲快板，面香四溢。

进了屋，这家的老公摸摸炕头，说，热的，你们可以睡睡。上桌了，有大盘鸡，她说是山上的鸡；土豆丝，她说是自家种的；腊肉，她没说，我们看见了。番茄炒鸡蛋、腌萝卜，野菜饺子，她说是早上包上的。最后就是那碗面，热腾腾地从门帘子外面飞转进来。这家人，不止这家，这一个村庄，从唐朝或者更早就住在这里，陪着麦积山，只要它在。

天水是秦故地，古称秦州。从敦煌那边去长安要经过天水，到了天水，就进入八百里秦川了。地里面埋着八千年前制作的陶罐，许多影响中国历史的人物出生于此或者来过。秦襄公，我一直以为此公只是《左传》上的一行繁体字，如果有人告诉你他就出生在这里，如数家珍，意思是这位老国君的襁褓、尿片都曾在这片看起来有点灰的天空下晾过，你真的会以为是天书从天而降。天水博物馆的女讲解员出版过两本关于天水历史的书，她用一种“我们天水人”的口气说，苻坚是我们这里的人，李渊、李世民是我们这里的人，李白的老家在这里，杜甫在这里住过三个月，玄奘当年睡了一夜才继续赶路……她讲得漫不经心，用一种现代的模式化语言讲解着，把那些千百年前的人物拉到我们跟前，似乎在讲她单位上的领导、同事。这个博物馆不大，却藏着不少令人震撼的宝物。有一匹陶马，是我见过的最美的马之一，“竹批双耳峻，风入四蹄轻。所向无空阔，真堪托死生。”（杜甫《房兵曹胡马》）它已经托着死生了，秦州古战场下埋了一堆又一堆骏马，只有它独自扬蹄越过时间，跑过了所有的马，直到这个马都将要绝种的时代。它是马吗？公孙龙没有讨论过这匹马？

伏羲也出生在天水。“古者包牺氏之王天下也，仰则观象于天，俯则观法于地。观鸟兽之文与地之宜，近取诸身，远取诸物，于是始作八卦，以通神明之德，以类万物之情。”（《易·系辞下》）“一”这个开天辟地的字就是他画出来的。天水城里的伏羲庙是七百年前建起来的，庙在西关，下着雪，我们一行人在雪花飘飘中走去拜谒。他创造了汉字，“一”这个字是他第一个写出来的，最简单一笔，却是奠基式的一笔，中国文明开天辟地的一画，因为这一画，文明才开始照亮无文的黑暗。大殿里伏羲的塑像是一原始之人，散发披肩，腰部围着兽皮。屈原在《楚辞》里描写过的那种人物：“朝搴阰之木兰兮，夕揽洲之宿莽。日月忽其不淹兮，春与秋其代序。”这个造像肯定是古代传下来的，我相信文明的记忆。如果伏羲是中国文明中耶稣之类的人物，那么看上去他太自然了，仿佛刚刚从森林里走出来，坐在一块石头上休息，而十字架上的耶稣则是一个悲剧演员。《山海经·海内经》记述："南海之内，黑水、青水之间，有木名曰建木，大纻爰过。""大纻爰过"，说的是伏羲像猿猴那样，还有攀缘大树的本领。神话又说伏羲是"人首龙身"，信然，我相信他正是一位部落领袖、头号大巫。在云南地方，某些民族的节日里还可以遇见这类将自己打扮成蛇或其他动物的巫师。伏羲这一套在云南最易明白，中原地区，因为开化过早，远古之事已经模糊，容易牵强附会。伏羲一出，文明之道从文身时代转向了文字时代，伏羲创造的字还有神秘感，抽象玄妙，仓颉则更将它实用化了。"仓颉之初作书也，盖依类象形，故谓之文。其后形声相益，即谓之字。"（《说文解字·序》）伏羲的八卦还有文身的抽象风格，八卦颇似云南怒族的文身，到仓颉反而具象起来，发展成象形文字了。先抽象后写实，然后写实与抽象"天人合一"，这是汉字的道路?

道生一，"一"是文字的开始，"造书契以代结绳之政"（《尚书》）。《说文》："一，惟初太始道立于一，造分天地，化成万物。"这个道，既是道可道非常道之道，也是文字之道，文字出现，万物才能够"必也正名乎"。刘安《淮南子·诠言》："一也者，万物之本也。"一就是道，非语言文字可道之道，太初有道之道。道可道，非常道，文字就是非常道，常道是"天何言哉"，非常道是文字之道。文字就是命名、分类、约定。一生二，"一"，因为这一画，天地才从混沌中分开；二，这是第一分，一分为二，天地有德，人说话了；二生三，三就是文明，文照亮世界，化成万物，万物得以命名；三生万物，万物就是文章、文本。天地人，人在天地之间意识到自己的超越性位置，人是文人、仁人而不是其他人。文字、文章、文本，这是文的三个时代。文章时代，文明最明。文本时代距文身（无文）时代最远，已经“一言以蔽之，思无邪”了。从文本回到文章甚至文身是文明的一种轮回，文字的诞生也可以说就是七窍通而混沌死。“夫天地为炉兮，造化为工；阴阳为炭兮，万物为铜。合散消息兮，安有常则？千变万化兮，未始有极，忽然为人兮，何足控揣？”（贾谊《渦鸟赋》）“天雨粟，鬼夜哭”（何宁《淮南子集释》），人现在掌握了巴别塔的秘密，汉字能够将不同方言中的部落在字上统一团结起来，人能像神那样契定莫测者了，可以通过文字来虚拟“控揣”宇宙并定位了。“抱一而天下式”（《老子》），“以垂宪象”（《说文解字·序》），混沌七窍流血，被文字分类瓦解，因此“天雨粟，鬼夜哭”。大地上出现了人，“仁者人也”（《礼记·中庸》），这个仁者从大地上出来，大地成了它的对象。仁者仿佛意识到自己的罪，因此时刻要强调“道法自然”（《老子》）、“天人合一”（《庄子·达生》）。

“一”的出场产生了文明，“以垂宪象”，它也成为人的桎梏。“吾之大患在吾有吾身”（《老子》），为什么是大患呢？庄子说：“吾生也有涯，而知也无涯，以有涯随无涯，殆已！”身就是有涯，人与兽本来没有边界，身之觉醒使人从自由进入局限，这是身。世界现在不再是混沌一体的无涯，人已经脱离混沌成为第二个人，他开始承受有涯之烦。人通过自我文身将“吾身”对象化了，“有涯”了。庄子又讲“吾丧我”，吾是无我之大吾，身是自我之小身，道法自然从“我回到吾”，这又是一层觉悟。

天空飘起了大雪，伏羲庙大殿前忽然走来一队人马，老者率领，在大殿前舞蹈一番，然后进得殿来，一起跪下，扑通之声如闷雷，三叩，然后退去。殿外古松虬卧，一老者站在雪花中，穿呢子大衣，戴着礼帽和眼镜。他说是本地人，中学语文老师，退休了，天天都要来伏羲庙走走，风雨无阻。

走出伏羲庙时，雪霁。阳光出来，把天水城照得水灵灵的。

对联、鞭炮，正常的城市，在过着春节，还有些乡土中国的影子，很亲切。有一家门上挂着油乎乎的门帘，两边的对联是新贴的，很美。那对联写的是：福临橘井四季安康，春满杏林百花吐艳。横批：悬壶济世。这家有个中医。

天水城气氛厚重，阴阳交汇，天地灵气犹存，还未被现代化的骄阳千篇一律消灭。建筑物新旧杂陈，既有古老的闾阎、庙宇寺观，也有新式大楼，并不逼仄，新式大街，也不荒凉。明代胡氏旧宅颇有唐时遗风，唐式建筑我在京都见过，那都是高堂大殿，日本人把唐代建筑像教堂那样学过去，学得高大森严，失了市井气。胡氏老宅，我感觉就是唐的民间样式，寻常巷陌里殷实人家的住居。一个时代在政治上消亡了，生活世界未必，房子还是要那么住，水井还是要那么打，这个来不得此一时彼一时，这是经验。唐是一个大兴土木的时代，中国建筑风格从那时兴盛辉煌并一直被继承。一般来说，在栖居上，人类的经验比较稳定，直接关系到身体，就是身体的外延，不必变来变去，就是变也只是在细节上，柱、梁、檩、椽、榫卯、门窗之类，大约总是大同小异吧。胡宅虽是明朝盖的，但感觉唐式建筑经验、尺度、美感还在延续。我们的时代是例外，一夜之间连房子都不会盖了，图纸材料施工都要模仿他人。现代建筑大多呆板寡味，仅仅实用，使得幸存的古代平常民居看上去就像仙阁琼楼，材料极为讲究，所以虽是土木结构，却历经近四百年岿然不动。做工非常精细，中国人的宗教精神不是在对《圣经》的领悟理解上，而是在日常生活的做工上，所以叫作鬼斧神工。非常实用，各种功能齐全，客厅、卧室、书房、小姐楼、客房、仆人房、厨房、库房、茅房、花园……处处匠心独运，一定要造出移步换景的效果。非常注重建筑的诗意，不仅仅是居，而且是雅居。海德格尔说“诗意的栖居”，他不知道汉语里的这个“雅”字。把家像天堂、仙宫、庙堂那样营造，中国人的入世，不是粗陋地活着，而是在水井瓦檐处打造性灵世界，中国的神也住在家庙里。胡宅给人的感受就是这样，既是家，也是庙，既是修身养性的家园，也是尊卑有序的教堂。朱晓阳想起白居易的诗，立即就在手机上搜索，找出来看。关于宅子，他写的可不少，颇具现代感，少有小资式的感伤哀怨，实景实录。“静巷无来客，深居不出门。铺沙盖苔面，扫雪拥松根。渐暖宜闲步，初晴爱小园。觅花都未有，唯觉树枝繁。地润东风暖，闲行踏草芽。呼童遣移竹，留客伴尝茶。”（《新居早春二首》）“林园四邻好，风景一家秋。门闭深沉树，池通浅沮沟。拔青松直上，铺碧水平流。篱菊黄金合，窗筠绿玉稠。”“地与尘相远，人将境共幽。泛潭菱点镜，沉浦月生钩。厨晓烟孤起，庭寒雨半收。”（《履道新居二十韵》）只是，如今人去楼空，成了博物馆。我们去的时候游客不多，幽暗的厅堂里仿佛有窃窃私语，一个穿着白色羽绒服的姑娘朝着一只电取暖器，电热丝发出红彤彤的光，照着她抹粉过度的脸，很是诡异。还有一首叫作《凶宅》：“长安多大宅，列在街西东。往往朱门内，房廊相对空。枭鸣松桂树，狐藏兰菊丛。苍苔黄叶地，日暮多旋风。”

这一天是正月初九，玉皇大帝生日。天水满城喜气洋洋，穿红戴绿令人眼花缭乱。人流都朝着一个方向涌去，干啥呢？玉泉观赶庙会！我们一行人就着了魔，都想去赶庙会，马上改变原定去兰州的计划，弃车留下，赶罢庙会再乘夜班火车去兰州。摩拳擦掌就跟着天水人民走。

玉泉观就在城边，从城中心走过去不过十多分钟，居然是一座山。已经成了人山人海，中间留着一条过道，两旁是卖各种小吃的、卖玩意儿的、卖香的、卖日用杂货的、唱戏的……一路喜气洋洋。小吃大约还是古代那一套，这种东西无法革命，比如荞麦凉粉，依然要加入油泼辣子、芝麻酱、醋、酱油、芥末、蒜泥、盐巴、花椒面等等，云南也是这样做法。这一套都革命了，那还了得！历朝历代，苍天已死，黄天当立，这个天走马灯似的变来变去，但民以食为天不变。玩意儿都很拙劣，基本上已经没有手工的，塑料做的居多，但孩子还是喜欢，他们可不管材料，好玩就行。进香的人每人得到一根红带子，有人围在脖子上，有人系在腰上，有人系在手腕上，五花八门，随心所欲乱系。叫花子系着，老板系着，学生系着，老师系着，领导和员工都系着，爷爷奶奶孙子媳妇姑爷舅妈小姨妹都系着，加入了一个组织似的得意。斗转星移，人间许多材料都换了，做工也不同了，塑料、金属、化学颜料都进山了，但人们重视的不是材料、实物，而是这些材料导向的虚无、冥冥。那菩萨就是硅胶、玻璃钢塑的，人们也要敬香。实物必须要有经验中能够导向虚无的形式，这个形式来自传统。比如玉皇大帝，必须是这一位，历朝历代都是这一位，从前安过祖先之心，现在还要安后辈的心。材料变了，日新月异，安心的其实还是传统。因此许多现代细节无法细究，比如蜡烛，闻着那气味就不好，掺了某些古代没有的颜料，但只要营造得出“红烛昏罗帐”（蒋捷《虞美人》）的氛围，它就是烛。这个时代形式猖獗，但庙会该怎么赶还是怎么赶，这个形势依然是那个形势，没有像其他节日那样标新立异。烧香，磕头，不分男女老幼都坦然下跪，我估计下跪者中不乏在各种无神论行业里面签过字的人员。许多染着黄色头发的年轻人也扑通扑通跪下，跪得敏捷响亮，双双跪下，一伙地跪下，桃园三结义跪下，扔了拐杖跪下……这是一个令人放心的动作，再怎么牛皮烘烘，再怎么腰缠万贯，还是得服这些冥冥中的、无法预测的、一文不名的、不表态不打分的、只可意会不可言传的神，好自为之吧，别得罪了这些在家但不在场的。送子娘娘前面站着个戴墨镜的老者，收了香客递上去的一元两元，就敲一下锣，抓给他们一把花生红枣，意思是早生贵子。在山头看，只见山坡上浩浩荡荡地走着一支花花绿绿的队伍，上山下山、前进后退都在一支队伍里，嗡嗡轰轰、叽叽喳喳、摇摇荡荡、袅袅婷婷、停停走走，青烟缭绕，宛若蛟龙。人群里面，女子最美，全都出来赛妆了。天水人多有唐貌，男子阔脸浓眉者不少，女子长着唐三彩女俑那种胖脸的也比比皆是。天水所养，丰腻白润，相当美丽，真是“三月三日天气新，长安水边多丽人”。大家什么神都要拜，就像走访亲戚，哪个神也不敢得罪，给正殿里的大神、旮旯儿里的小神都要上香，神也是会传话的。拜过青龙殿拜白虎殿，出了玉泉阁去三清殿，下了遇仙桥上通仙桥，叩过雷祖去叩三官、诸葛祠、托公祠、三清阁、苍圣殿、玉泉井……都要走一趟，对山上的树、石头也要烧香挂红，万物有灵。偶像繁多，神只唯一，这一点颇近印度。

从玉泉观下来，去一家面馆吃羊肉泡馍。这家的馍掰着就觉得很软，羊肉汤一灌上去就成了糊，几口喝光了。

晚上坐八点的火车回兰州，十二点到，大街已经空了。

最后一站是甘肃省博物馆，按惯例从史前开始，陶罐。入口处有一个原始部落生活场景的模型，条状的干栏式建筑。忽然想到，中国文明的起源在某方面或许与条状物有关。条，《说文解字》解释：条，小树的枝。或许华夏远祖对条状物更为敏感，森林、河流、地平线、太阳光线、植物、老虎花纹、苎麻……都有条状的暗示。条也是事物的边，边是事物的抽象关系而不是事物本身。中国文明非常重视关系，系就是各种各样的边的陈列、连缀、连属、纠缠、综合、约束……事物与事物之间最抽象的联系是条状的，一道道边，边界、边际、边线、边疆、边沿……从这边到那边。小树枝、原始部落建筑物的干栏构架、文身的条纹、编织物、结绳记事的绳子、马家窑陶罐上的线条、伏羲的“一”、汉字的线条、纸张、布匹中的经纬、房屋架构、面条……都是条。条理、条件、条分缕析、条例、条目、条约、条规、条款、条令、条陈、条子、框框条条、条凳、条贯、条畅、条播、条文，以及教条、天条、戒条、信条、封条、通条、路条、一条心、一条道、链条……无不是条。

条又导致了关系。维系、联系、体系、系统、谱系、根系、世系、嫡系、派系、语系、路线、生命线、阵线、战线、前线、经纬线、搭桥牵线……《周礼·天官·大宰》：“以九两系邦国之民。一曰牧，以地得民；二曰长，以贵得民；三曰师，以贤得民；四曰儒，以道得民；五曰宗，以族得民；六曰主，以利得民；七曰吏，以治得民；八曰友，以任得民；九曰薮，以富得民。”“缕条紧而贯矩，针鼻细而穿中。”（庾信《七夕赋》）

"若网在纲，有条而不紊。"（《尚书·盘庚上》）"声气远条。"（《汉书·礼乐志》）"南夷与北狄交，中国不绝若线。"（《春秋公羊传·僖公四年》）比如汉字，每个字都是独立的，其意义要在上下文关系里面才知道，关系一变，意思也不同了，维特根斯坦所谓"用法即意义"也许更适合汉字。这又影响到人生，在中国，关系学比契约合同更重要。情理，情先理后。远近亲疏，情是一种关系，关系对了怎么都行。"关系"这个词很奇特，一方面是关，另一方面是系，关着又如何系呢？查繁体字，发现写成"關"，系是藏在门里面的。

甘肃博物馆的镇馆之宝是武威出土的那匹铜马，我终于看见了它。四十年前在图片中看见，就一直在找原作。看过各色各样的复制品，都是伪的，伤眼。这是汉的作品，那时代大风起兮云飞扬，英雄壮士的黄金时代。它不仅"矫健俊美"，更浑圆强壮，犹如力士。浑圆丰满的身体似乎暗示一种成熟的母性，昂扬着头颅脖颈又像阳刚的太阳之神，一匹阴阳合体的天马。连这样肥重健硕的马都飞将起来，那时代的风该是多么雄壮。"君未睹夫巨丽也，独不闻天子之上林乎？左苍，右西极。丹水更其南，紫渊径其北。终始灞浐，出入泾渭，酆镐潦潏，纡馀委蛇，经营乎其内。荡荡乎八川分流，相背而异态。东西南北，驰骛往来，出乎椒丘之阙，行乎洲淤之浦，经乎桂林之中，过乎泱漭之野。汩乎混流，顺阿而下，赴隘狭之口，触穹石，激堆埼，沸乎暴怒，汹涌澎湃。"（司马相如《上林赋》）不只是写上林，时代之风也，这匹马就是为那两句诗“大风起兮云飞扬”“壮士一去兮不复还”而浇铸的。

大家议论了一阵，有人说马踏的是龙雀，有人说是鹰，有人说是踏着云，郭沫若说是飞燕，莫衷一是，但确实是一踏上去，它就飞翔起来，举重若轻的是脚下的这一片。

（摘自诗歌阅读馆 2017 年 3 月 17 日）

“花儿”，河湟谷地的人文之音

唐荣尧

沿着黄河而行，沿途的寂寥是难免的，但总会有一种歌声不时地飘来，这就是黄河上游流传的“花儿”。那些散布在河湟谷地的民间“花儿会”，除了给人一种西部酒神醉意下的民间集体狂欢的感觉外，更多的是一种古老的民间艺术顽强生命力的感染。那些我采访过的“花儿”歌手的执着，那些未经任何技术化和商业化污染的泥土中生长的声音，那些去世的“花儿”大师留下的空白，那些在世的“花儿”歌手的努力和他们之间的传承，给西部大地留下了神奇的一页。无论从哪一行阅读，都能随时从心灵深处聆听到这种草和土结合出的自然的声音，就像高原上的阳光一般明媚，像高原上的流水一般清澈，更像高原上年年吹过大地的罡风一般洁净、有力。

“花儿”民间俗称“少年”。过去，人们一般在高山、原野、田间和河边劳动时或在民间传统集会时演唱。它的曲调以“令”命名，在青海更是出现了一些以地名、衬词、花名、音乐特征、称呼、恋情、相貌特征、动植物乃至民族命名的作品。这些取自青海本土丰富的人文资源和自然资源的“花儿”，就成了西北其他省区无法望其项背的文化资源。

无论是在河湟谷地碧绿的田野里，还是在甘肃、青海相连的积石山下的回族宴席上，无论是在高高山冈上的牧群中，还是在茫茫雪域的路途中，“花儿”总是在青海大地上飞舞，和欢乐一起歌舞。

早在20世纪30年代，甘肃人张亚雄利用在兰州担任《甘肃民国日报》编辑之便，公开征集流传于甘、青、宁的这种民歌。在他后来编辑出版的《花儿集》中，第一次将这种民歌写进书中，并称之为“花儿”。他在书中说：“‘花儿’是流行于三陇——甘、青、宁的一种山歌，亦有人称之为‘少年’者。”

2007年12月27日，一个叫朱仲禄的老人在他西宁的家中去世。老人的去世引起了中国音乐界的高度关注，因为老人是将流传于西北地区的民间“花儿”第一个带进中央电视台的人。也正是因为他的努力，“花儿”才插上了飞翔的翅膀。

1956年冬天，为了迎接即将举行的全国专业音乐舞蹈会演，朱仲禄向作曲家吕冰提供了取自甘、青民间小调的《蓝桥相会》《四季调》《五更调》的音乐、舞蹈、服饰、道具等全部素材，并以他最为熟悉的河州型“花儿”格式，写下了“春季里么就到了着……”的歌词，这就是后来誉满神州的“花儿”的代表作《花儿与少年》。

朱仲禄乘着“花儿”的翅膀，开始进入音乐界的视线。尤其是他和另一位青海的“花儿皇后”苏萍把那曲《花儿与少年》带到央视春节联欢晚会以后，“花儿”便张开翅膀飞向了国内外。从那时起，“花儿”几乎成了西部民间音乐的一张文化名片。经过一大批“花儿”歌唱家和歌手的努力，“花儿”作为一种山野小曲，从河湟谷地腾飞，成为民族艺术园林乃至中国艺术殿堂中的一朵奇葩。

黄河上游的甘、宁、青地区成了“花儿”怒放的家乡，九眼泉的“花儿会”滋润出诗情画意，孟达天池的“花儿会”泛起阵阵涟漪，老爷山的“花儿会”则成了河湟地区民间文艺的品牌，银川举办的全国“花儿”邀请赛、石嘴山市举办的沙湖“花儿”大赛等，更使“花儿”沿着黄河盛开。

在中国很多地方，许多民歌的传播范围往往只局限于某一个具有相同特征的地区，比如，“信天游”流传于陕北，“爬山调”流传于内蒙古的一些地方，白族的“三月街”、瑶族的“耍歌堂”、壮族的“歌圩”等也都是在一个地区内流行，很少有像“花儿”这样能跨越四五个省（区）的艺术形式。一种产于民间的原汁原味的声音，一个被西北地区民间音乐人争相开发的项目，一个旅游时代助阵经济的工程，一个都市音乐低迷时视听上的新亮点，这就是“花儿”在黄河岸边的蓝天下亮出声响后的多重角色。

（摘自《中国民族报》2012 年 8 月 31 日）

“西游记”

石珂源

由长安出发，一路向西，沿着古丝绸之路，开始了数千里的西游之行。

第一站是嘉峪关。嘉峪关是古“丝绸之路”的交通要冲，是中国丝路文化和长城文化的交汇点，素有“河西重镇”“边陲锁钥”之称，又是明代万里长城的西端起点。在这里，两千多年前开辟的“丝绸古道”和历代兵家征战的“古战场”烽燧依稀可见。远看关口，在静谧辽阔的苍穹下，一道蜿蜒的城墙绵延到远方，视线越过墙顶，蓝天映衬下在更远处是雪山。

那天，天气格外好，没有风，没有漫天黄沙，世界静悄悄地。雪山沉默无语，俯视着它脚下的苍生；城墙亦无语，保持着数百年前的静穆，将历史定格在这苍凉的守望中，这一守望就是六百年。

仰头看见城门楼上的题字“天下第一雄关”，果真名副其实，城门楼高大雄伟，像一个手持干戈利剑的将士，威严地审视着每一个经过的人。从马道登上城墙，让人不禁感叹设计之巧妙，内外城的设计虽有些繁复，但却让城池多了一层防护；瓮城，将“请君入瓮”在建筑上完美体现；月牙门，避免了城门洞开在敌寇的视野中，合适隐蔽。若是有人冒失策马来到门前，一个陡坡定令其措手不及，还未有所反应就已经成为俘虏；还有那“一块砖”的故事，让人在惊叹的同时，更是在神秘的色彩中恍惚了。一个个垛口，一个个瞭望哨，城外敌情一览无余了。烽火台上，似乎又闻号角声响，又见狼烟升起。茫茫戈壁之上，谁的鲜血染红了残阳与沙场，谁的铁戟与长剑长埋沙海？

耳畔悲壮苍凉的《吊古战场文》诵起：“浩浩乎！平沙无垠，夐不见人。河水萦带，群山纠纷。黯兮惨悴，风悲日曛。蓬断草枯，凛若霜晨。鸟飞不下，兽铤亡群。亭长告余曰：此古战场也！常覆三军。往往鬼哭，天阴则闻。”遥想当年，这里可曾血流成河？这里的人民可曾流离失所？而今，那征战与厮杀已随风而去，而击石燕鸣的故事仍凄婉动人，那翘首企盼征人归来的夫人仍在飘荡的风里痛心地呼喊。巍巍嘉峪关，迎接过多少英雄：张骞应募出使，少年将军霍去病英姿勃发，踽踽而来的林则

敦煌壁画

徐，率千军万马呼啸出关的左宗棠……残血夕阳映照着嘉峪关的雄伟身影，苍茫中静默无言。

出了关门，就是西域，遥想当年出塞的张骞，我心中竟油然而生出一股使命感，胸中激荡着壮士一去不复返的悲壮。是的，悲壮这个词语从未如此真切而又激烈地撞击着我的心房。面对着城门楼，我留下了此次“西游”的一张相片。历史沧桑巨变，定格当下，关内关外，都是中华大地的所有。人民生活富足，安居乐业，一派欣欣向荣之景，西域并不荒凉。要离开嘉峪关了，脑海中不自觉地浮现出曾经的诗句“挥手自兹去，萧萧班马鸣”，耳畔仿若真的听到了一声长嘶，划破历史的长空。

离开嘉峪关，前往敦煌。途经玉门市，这是一个令人惊叹的城市。四周被沙漠所包围，上天就在这沙漠中央留了一块绿洲，人们在这里生根发芽，建设起了自己的家园。

行走在市区内全然感受不到自己正置身于沙漠之中。市中心广场上是敦煌的标志：反弹琵琶的飞天。飞天与乾闼婆，原是古印度神话中的娱乐神和歌舞神，他们一个善歌，一个善舞，形影不离，合为一体，变为飞天。这些在天地间自由飞翔的仙女们，即使多是镣铐加身的罪犯，但他们的心是自由的，灵魂飞在高处。

古代丝绸之路的繁华，莫高窟佛国的瑰丽，鸣沙山与月牙泉的世代浪漫厮守，边关冷月，大漠孤烟……让我忘记了灞桥烟柳，曲江流饮。只愿沉醉在这粗犷的黄沙中，在这千年的月亮面前，听一听这亘古不变的故事。

再向西，是敦煌。

（摘自《人民日报（海外版）》2018 年 1 月 30 日）

陇东石窟：穿过丝绸之路与你重逢

陈吉吉

在今甘肃陇东地区的泾河流域有着大量石窟遗迹，这些石窟或分布在泾河两岸，或位于丝路古道旁，形成了蔚为壮观的石窟群，学术界习惯上将其称为“陇东石窟”。这些石窟主要有庆阳北石窟寺，泾川南石窟寺，泾川王母宫、丈八寺、罗汉洞；华亭石拱寺；庄浪云崖寺、陈家洞；合水保全寺、张家沟；镇原石空寺等。

时间从南北朝跨度到宋，以带状分布在丝绸之路东段上的这些石窟群，成为见证陇东地区佛教兴盛和丝绸之路文化交流的最好实例。

而这其中以奚康生主持开凿的南、北石窟寺规模最为宏大，被誉为“陇东双壁”。

我曾两次前往陇东，徜徉于这些石窟遗迹中，流连忘返。今年暑假，天气最热的几天，我在西安狂奔樊川八大寺，身心俱惫。恰好泾川文物局朋友相邀，我便立刻叫上老白，再次经彬县，前往泾川，庆阳，重逢这些老朋友们。老白先我一天去往固原须弥山，欣赏大美的须弥之光和圆光寺诸窟，而后乘火车过平凉至泾川。而我在结束了西安行程后，乘大巴车直接赶往泾川。

那天的西安怕是创下今夏最高气温了。手机天气预报给出的数据是 38 度，而我的体感恐要有 40 度了。西安汽车站又嘈杂又乱，我在车站门口胡乱吃了口凉皮和肉夹馍，在叫卖一元一瓶劣质矿泉水的老太太处买了两瓶冰水，狂饮而下。而后买票，候车，出发。

六点半，车要启动时，雷暴出现了。后来上了高速之后，我才在微博看到消息，雷暴导致西安地铁都淹了，全城低洼处一片汪洋。看来自己还是蛮幸运的。

一路穿过雨区，并无大碍。也正是这场风雨，给我带来了盛夏之际陇东最美的蓝天。

夜十一点，我敲开了老白所定的宾馆门。吃了一碗泡面，聊了会儿天，便沉沉得睡去。那夜睡得很好，泾川才二十五六度，体感太舒适了。

因为是重访，第二天我轻车熟路地带老白看了王母宫后，便

陇东石窟壁画

联系朋友开车带我们去南石窟。

于我而言，南石窟是此行的重点。以前过来赶上大修，在黑咕隆咚中，看得不甚清楚。这次重读南石窟之碑，再观南石窟，感觉自然非同一般。

南石窟寺最为显赫的便是第1窟大型七佛窟。此窟和北石窟寺第165窟同为七佛窟，且都是奚康生开凿的。关于奚康生的生平及为什么要开凿石窟造像，我在北石窟的文章已有叙述。可以确定的是，时任泾州刺史的奚康生，是在镇压了沙门刘惠汪起义后，开始大规模的开凿南、北石窟寺的。此举无非是一方面借助佛教的力量教化民众，另一方面也恐怕是为了使自己挣扎的内心稍稍地得以解脱。

同时，北魏皇室历来崇信佛教，奚康生开窟还有讨好皇室的嫌疑。一举多得，奚康生可谓机关算尽。

我们无法窥视到奚康生真实的内心世界。但是当我们走进南、北石窟寺那巨大的七佛窟，无时天刻被七佛的目光所环绕时，内心获得的是无比的宁静。在这种庄严肃穆的氛围中礼佛，所获得的内心平静，效果是显而易见的。

南石窟1窟的布局和形制与北石窟165窟基本接近。其平面均为长方形，覆斗顶。窟内正壁和东西两壁设坛。窟门长方形，上开有明窗，起透光之作用，门外有二力士。窟内正壁雕三佛六菩萨，东西两壁各雕二佛四菩萨。南壁靠近窟门处各雕一交脚弥勒菩萨。窟顶原应布满浮雕，惜大部分已经残不可见。目前仅存东部的“阿私陀占相”“键陟辞别“，北部的“拘尼立塔”“宫中观舞”和“逾城出家”等佛传。

与北石窟 165 窟不同的是，南石窟 1 窟并没有普贤和驭象奴组象和阿修罗天像。

165 窟与 1 窟相比而言。165 窟七佛朴拙粗犷，威严庄穆。而 1 窟则雕刻纯熟精到，洗练有力。从雕刻的娴熟程度而言，北 165 窟的开凿应当早于南 1 窟。

关于七佛。刘宋法天译的《佛说七佛经》中曾说:“ 尔时世尊，……告诸比丘，…… 过去九十一劫，有毗婆尸佛，三十一劫有尸弃佛、毗舍浮佛, 应等正觉，出现于世。于贤劫中第六劫, 有俱留孙佛, 第七劫有俱那舍牟尼佛,……第八动有迦叶佛，…… 第九劫我释迦牟尼佛出世间。”此等说法，在佛经中还有很多。这里主要说明，佛教认为在释迦牟尼现世之前，已有六佛相继成佛了。此意主要是为了告诉世人，佛教的历史悠久，不可怀疑。而过去，现在，未来均有佛出现。

随后，我和老白去了丈八寺石窟和罗汉洞石窟。丈八寺现存佛迹已经不多，而罗汉洞还尚可一观，尤其是宋代壁塑天王，异常精美。

行程的最后，我们去了北石窟和镇原的石空寺石窟。石空寺位于茹河南岸的石崖上，此处名为石佛湾，现存 8 窟，其中 1、2 窟为宋代石胎泥质，造像精美。其余窟内已无造像，有清代壁画残片。

以南北石窟寺为核心的陇东石窟，是丝绸之路东段上佛教遗迹的珍品。

穿过丝绸之路与你重逢。

当我一次次走在这条无与伦比的伟大丝绸之路上，重逢那一处处遗世独立的石窟遗迹时，内心是无法抑制的激动和对先辈虔诚信仰的感动。我们追随先辈的脚步，走过他们前行过的路，来到他们倾尽一生开凿的洞窟，仰望巨大的佛像，凝视着时光的尽头，一切都立马鲜活起来：周遭是叮叮当当开凿石窟的人们，他们或许来自都城洛阳，他们布满皱纹的脸颊，慈祥地望着你，他们粗糙而又温暖的手触碰着你……

石窟在艰难中终于落成了，我们看见奚康生，这位北魏朝廷以勇猛著称的大将军，在杀戮的噩梦中醒来，推开七佛窟的大门，点燃一缕清香，颤抖着双手插进香炉，匍匐着跪着在佛的脚下，久久不起。一个双手沾满鲜血的佛教徒，正乞求佛的宽恕，洗刷罪恶的血迹。当他抬起头的瞬间，我们看见了一行热泪，扑簌而落……那一刻，我看见了他刚强而又柔弱的内心。

这是在丝路上最美的瞬间。

与你在相逢中重逢。

（摘自豆瓣网 2016 年 10 月 21 日）

西汉飞将军——李广

张慧雅

李广（公元前？—前 119 年），西汉时抗击匈奴的著名将领，其祖上为槐里人，今陕西兴平县东南十里，后来迁到陇西成纪，今甘肃天水。李广是名门之后，他的祖先就是追获燕太子丹的秦将李信。自李信之后，他家就世代传习射箭，一直保有将门家风，发展到李广、李敢、李陵祖孙三人，更是到了巅峰。少时的李广在思想上接受的是其父辈们纯正的先秦国士遗风，在这种风气的熏陶下，李广从小就具有以天下为己任的国士品格和作风。汉文帝十四年（公元前 166 年），匈奴奴隶主率领 14 万大军入侵，李广随汉军参加了抗击匈奴的战争，英勇杀敌，立下大功，封为中郎（皇宫卫士），不久升为武骑常侍（皇帝侍卫）。汉景帝时，任上谷郡（今河北怀来东南）、上郡（今陕西榆林东南）太守，继续抗击匈奴的入侵。汉武帝即位后，任未央卫尉。元光六年（公元前 134 年），匈奴入侵上谷，李广部队损失惨重，本人被俘，逃脱后落职为庶人。公元前 128 年，李广又被拜为右北平太守，匈奴贵族数年不敢入侵，李广被称之为“飞将军”。公元前 119 年，随大将军卫青、骠骑将军霍去病出击匈奴，因延误军机，被迫自杀。李广一生作战七十余次，以骁勇善战著称。唐代大诗人王昌龄曾这样赞誉李广：“秦时明月汉时关，万里长征人未还。但使龙城飞将在，不教胡马过阴山。”

将门之家，骑射超群

李广祖辈世受射法，骑马和射箭可谓是家传绝技。李广从小就接受了严格的军事训练，苦练各种武艺，特别是对家传的箭法、骑射更是达到了精熟，再加上“广为人长，猿臂，其善射亦天性也，虽其子孙他人学者，莫能及广”的先天条件，为他将来建立军功奠定了基础。李广曾经跟从汉文帝出行，经常“冲陷折关及格猛兽”，文帝对他的军事才能赞叹不已，曾经说过：“惜乎！子不遇时，如令子当高帝时，万户侯岂足道哉！”李广高超的骑射技术，《史记》进行了十分生动的描写，“广出猎，见草中石，以为虎而射之，中石没镞，视之石也。因复更射之，终不能复入石矣”，误将石头看作老虎，并将箭射入石中，可见李广面对猛兽时，勇气和力量的惊人。和匈奴的一次作战中，“汉兵死者过半，汉矢且尽，广身自以大黄射其裨将，杀数人，胡虏益解”，大黄是指一种约三百多斤重的弓，如果没有超人的射技和力量，是无法拉开的，可见李广的确是一位“善骑射”的将领。

机智骁勇，谋略过人

李广作战机智骁勇，谋略过人，具有超强的军事才能。匈奴入侵上郡，天子派中贵人跟从李广练兵合击匈奴。一次，中贵人带领十来个骑兵出游，遇到三个匈奴人并交战了起来，骑兵全部中箭身亡，只有中贵人受伤，侥幸逃脱。李广得知后，判断:“是必射雕者也。”于是带领一百多骑兵追杀三人。“广身自射彼三人者，杀其二人，生得一人，果匈奴射雕者也。”随后，又望见数千匈奴骑兵，匈奴兵以为李广带领的骑兵是引诱他们的，十分惊恐。李广的百余骑兵见到匈奴大军也十分恐慌，想要返回。李广说：“吾去大军数十里，今如此以百骑走，匈奴追射我立尽。今我留，匈奴必以我为大军诱，必不敢击我。”李广命令诸骑继续前进，快接近匈奴时，李广命骑兵“皆下马解鞍！”其中一个骑兵说：“虏多且近，即有急，奈何?”李广回答：“彼虏以我为走，今皆解鞍以示不走，用坚其意。”李广用计谋镇住了匈奴，匈奴于是没有贸然进犯。匈奴军中有一位白马将出来护卫其兵，

飞将军——李广

李广上马与十余骑兵射杀匈奴白马将，然后回到营中，令大家休息。到了晚上，匈奴兵见没有动静，都非常奇怪，不敢轻举妄动，以为汉有伏军，随引兵而去。李广射死两名匈奴的射怗手，并生擒一名，从而演化成匈奴千骑不敢进攻李广百骑的经典战役，后世将这一战定位为疑兵之战的典型战例，李广的勇猛、机智以及临危不乱的勇气致使匈奴将士闻风丧胆，每每他到的地方匈奴都会立即消失。公元前 125 年，李广出雁门（今山西代县西北）击匈奴，因寡不敌众，兵败被擒。这时李广伤势很重，被胡骑横放在用绳子结成的网络里，走了十多里，李广躺在网络里装死，却暗暗留心逃跑的机会。他瞥见身旁有一少年胡人骑着一匹好马，就冷不防一跃而起，一下子跳到他的马上，将他推下马，取其弓箭，然后加鞭催马，南驰数十里，才遇到自己的残部。由于李广的机智勇敢，于是从匈奴那里得了一个“汉之飞将军”的称号。

为人廉洁，带兵有方

李广治军不讲阵列，却很重视侦察候望，掌握敌情。家无余财，也从不讲置家产之事。得到奖赏，都分给部下，饭食和士兵一样，毫不特殊，遇到缺粮缺水的地方，等全军战士吃喝完毕，他才去吃喝。为人廉洁，待人宽厚，毫不苛求，故得到战士的爱戴，愿为他效命疆场。《史记》中称：“广廉，得赏赐辄分其麾下，饮食与士共之。终广之身，为二千石四十馀年，家无馀财，终不言家产事。”“广之将兵，乏绝之处，见水，士卒不尽饮，广不近水，士卒不尽食，广不尝食。宽缓不苛，士以此爱乐为用。”武帝时，李广为未央卫尉，程不识为长乐卫尉。程不识和李广都是守边名将。李广带兵宿营的时候不设岗哨，士兵们爱干什么就干什么，但是李广治军外松内紧，一旦发现匈奴部队，士兵们毫不慌乱，瞬间就能结阵相对。相比其他将军，士兵们都愿意跟随李广而不愿意跟随规矩繁多的将军。《史记》记载“广行无部伍行陈，就善水草屯，舍止，人人自便，不击刁斗以自卫，莫府省约文书籍事，然亦远斥候，未尝遇害”。程不识“正部曲行伍营陈，击刁斗，士吏治军簿至明，军不得休息，然亦未尝遇害”。程不识说：“李广军极简易，然虏卒犯之，无以禁也；而其士卒亦佚乐，咸乐为之死。我军虽烦扰，然虏亦不得犯我。”

老当益壮，悲壮自刎

公元前 119 年，大将军卫青率军出击匈奴，李广以六十多岁的高龄任前将军职。出塞后，卫青从俘虏口中得知了单于的驻地。他想甩开李广独得大功，便令李广的前锋部队并入右翼出东道，他自带中军去追单于。李广力争无果，遂引军与右将军赵食其合军出东道。由于道路难走又无向导，终于迷了路。此时卫青与单于接战，单于逃走，卫青只得徒劳而返，在回军的路上才与右翼部队会合。卫青差亲信带着酒肉来慰问李广，向他询问右翼部队迷路的经过。卫青说要向天子上报，把走失单于的责任推给右将军赵食其。李广一身正气，自然不答应。卫青大为光火，又派人催逼李广的幕僚去中军接受审问。李广说："诸校尉无罪，乃我自失道。吾今自上簿。"把责任全揽在自己身上。来人走后，李广望着那些多年共同生死的部将，慨然叹道："广结发与匈奴大小七十馀战，今幸从大将军出接单于兵，而大将军又徙广部行回远，而又迷失道，岂非天哉！且广年六十馀矣，终不能复对刀笔之吏。"说罢拔出佩剑引颈自刎。一代名将，就这样含冤而殒。

桃李不言，下自成蹊

李广留给我们更多的是他勇猛刚烈的形象。中国历史上很少出现这样富有个性的将军，无论输赢胜败，他都保持了一个职业军人的本色和气度；都充满着勇往直前的气魄和视死如归的拼劲。李将军的死，实在是一个令人伤痛的悲剧，正如太史公描述的一样："'其身正，不令而行；其身不正，虽令不从'。其李将军之谓也？余睹李将军悛悛如鄙人，口不能道辞。及死之日，天下知与不知，皆为尽哀。彼其忠实心诚信於士大夫也？谚曰'桃李不言，下自成蹊'。此言虽小，可以谕大也。"

（摘自中国甘肃网·甘肃日报 2018 年 7 月 4 日）

王进喜：新中国石油战线上的铁人

《人民日报》评论员

1959年9月，石油工人王进喜从甘肃玉门油田来到北京，出席全国群英会。

在会议期间，王进喜在北京街头看到，许多行驶在马路上的公共汽车都顶着一个鼓囊囊的大包，他深感纳闷。别人告诉他，国家缺油，公共汽车烧的是煤气，那是“煤气包”。这话深深刺痛了王进喜，他觉得这是石油工人最大的悲哀。

新生的共和国受到西方国家的经济封锁，中国政府只能拿出极其有限的外汇从苏联进口一些油料。当时中国石油产量很少，有外国专家甚至断言：“中国没有石油。”

王进喜说："我不相信石油都埋在外国的地底下。"

就在王进喜出席全国群英会的时候，从东北松嫩平原传来一个大喜讯：编号为"松基三井"的钻井里奔涌出浓稠的油流——它标志着中国自此拥有了世界级的特大型油田。

这个消息让整个中国沸腾了。这一天，是 1959 年 9 月 26 日，中国人民即将迎来新中国成立十周年大庆，新发现的油田便被取名为"大庆油田"。

"松基三井"出油的第二年春天，东北松辽平原展开了"石油大会战"。

当年的 4 月 2 日，王进喜率领他的钻井队，从祁连山脚下的玉门，来到白山黑水的大庆。指挥部命名王进喜的钻井队为 1205 钻井队。这个名称一直沿用到了今天。

几天后，钻井设备运到了。60 多吨重的钻机，39 米高的井架，没有吊车，怎么卸下来？没有公路，怎么运到井场？怎么把它竖立起来呢？

王进喜说："有条件要上，没有条件创造条件也要上。"

为了早一天出油，1205 钻井队用撬杠撬、滚杠滚、大绳拉，"人拉肩扛"地卸钻机。

用了 4 天时间，王进喜带着三十多条西北汉子，愣是将 60 多吨重的钻机、39 米高的井架，一寸一寸挪到井场，竖立在荒原上。

解决了安装钻机的难题，新的难题又摆在了眼前——井场缺水。

王进喜说："就是尿尿也要让机器动起来。"

于是在王进喜的带领下工人们凿冰取水，大家用脸盆、木桶甚至头盔端水。

就这样一盆一盆端，整整端了50多吨水。

钻机终于转动起来了。

这是新中国在特别困难时期进行的特殊会战。40000多人的会战队伍，一下集中到冰天雪地的大荒原上，零下40多摄氏度的严寒里，工人们没有房住，职工们有的挤在自己挖的地窨子里，有的只能在荒原露宿。

没有粮食了，就挖野菜充饥，当时称之为"五两三餐保会战"。

就是在这样艰苦的条件下，王进喜的"硬骨头钻井队"——1205钻井队向地层深处突进，100米、200米、500米、1000米……

王进喜五天五夜没眨眼，带领钻井队奋战在冰冻似铁的荒原上，向地心钻进。

王进喜说："石油工人一声吼，地球也要抖三抖！"

1960年4月19日，1205钻井队掘进到1200米，他们在大庆油田打下的第一口井——萨55井终于喷油！

第一口井出油后不久，1205钻井队准备转战第二口井。就在这时，王进喜被钻杆砸伤了右腿。他顾不上在医院治伤，偷偷跑回了井场，指挥打第二口井的会战。

打到 700 米时，由于地层压力太大，发生了井喷。

工人们用水泥配置泥浆制止井喷。没有搅拌机，水泥沉在泥浆池底。王进喜纵身跳进泥浆池，用身体搅拌泥浆。

王进喜说："宁肯少活 20 年，拼命也要拿下大油田。"

最终，王进喜和同志们用血肉之躯制服井喷，保住了油井。

当浑身泥浆的王进喜回到驻地时，房东老大娘心疼地说，王队长可真是个"铁人"啊！"铁人"的名字从此叫响。

这一年，王进喜率领的 1205 钻井队共打井 19 口，创造了年进尺 21258 米的奇迹。

1960 年 6 月 1 日，大庆油田首车原油外运。

到 1963 年底，大庆油田已累计打井 1178 口，当年生产原油 439.3 万吨，占全国原油产量的 67.8%，中国石油基本实现了自给。

王进喜说："把中国'贫油落后'的帽子甩到太平洋里去。"

1964 年，王进喜出席了第三届全国人大会议，受到毛泽东主席的接见。同年，毛主席向全国发出了"工业学大庆"的号召。王进喜的事迹和"铁人"精神在海内外广为传播。

1972 年，美国总统尼克松访华。他听当时的驻华联络处主任、后来成为美国第 51 任总统的布什说，中国有个石油工人被大家尊称为"铁人"。尼克松很想见见"铁人"。

遗憾的是，王进喜已经因胃癌在两年前病逝。

1972年年底，邮电部发行邮票，以纪念“铁人”王进喜这位工人阶级的先锋战士。

今天，大庆油田开发的钻机，已经远销到美国等海外市场。这种钻机的品牌，就叫“铁人”。

（摘自《人民日报》1999年8月29日）

兰大百年忆三公

崔乃夫

2009 年 9 月 17 日，兰州大学迎来百年华诞，这是一个值得纪念的日子。百年，对一所传承文化的高等学府言，意味着根深、蕴足，对于扎根于西部陇原之上的兰大，更是意味深长。它以其深厚的底蕴、独特的气质，不仅穿越了百年的风雨，还培养了无数人才。

兰州大学作为一所重点大学，屹立在祖国的西部，在比较艰苦的环境下能长期保持较高的教学质量，取得较多的科研成果，是由诸多因素形成的。但在诸多的因素中，不能不谈到起着重要作用且有远见卓识的三位校领导，他们就是辛安亭、林迪生、江

兰州大学图书馆

隆基。这几位校领导都给兰大留下了宝贵的遗产，使兰大形成了刻苦、朴实、严谨的校风。

辛安亭

辛安亭是新中国成立后最早到兰大的，与其他两位相比也是最后一个离开兰大的。1949 年兰州解放，他以首席军代表的身份接管兰大。经过八年抗战、三年解放战争和短暂的兰州会战，原本简陋的学校更呈现一派破败景象。学校停课，人员流失，师生都处于待援状态。就在这时辛安亭走进了兰大。他以和蔼可亲的态度、实事求是的作风和踏实苦干的精神，以身作则地宣传党的政策，很快稳定了局面，同时他本人也赢得了广大师生的拥护和爱戴。不久辛安亭被调到新成立的人民教育出版社，任副社长兼副总编辑，负责中小学的教材编写工作。

辛安亭这次虽在兰大待的时间不长，但正是他翻开了兰大新的一页。辛安亭第二次进入兰大已是“文化大革命”的中后期。他是作为中华人民共和国成立后落实政策的“三结合干部”进入兰大领导班子的。以他的作风，和当时掌握实权的造反派是无法融合的。他当时的处境有点像海瑞，既无能为力，又绝不屈从。也正因此他得到了广大师生的同情和支持，成了拒抗力量的代表。有一次我问他：“在这样的条件下，怎样工作呢?”他说：“不要怕，不理他们，趁着有时间多读书，多思考些问题，将来是会有用的。”他拿起一张纸片写道：“君子务本，本立而道生。”他要我坚持多读书、多研究问题。他说，形势总有好转的一天，要为那一天做准备。

我最后一次见到辛安亭已是20世纪80年代后期。当时，他生了重病，住在北京肿瘤医院。他穿着一身病号服，面色苍白，显得老多了，但仍坐在床上修改稿子。我俩谈了很久，也谈了很多，唯独没有谈病情。他知道自己得了癌症，也知道时间不多了，但他把生死看得很淡。他活一天就要做一天的事，是一位真正的大丈夫。临走时我问他有什么事要我做，他微笑着说：“没有，没有，一切都很好。”他去世后我从朋友那里得知，他当时正有一些苦恼事，但他从不向人开口，也不给组织找麻烦。

辛安亭给兰大留下的最大的遗产是：做正直的人，做有骨气的人。

林迪生

林迪生是在兰大工作时间最久的一位领导，差不多20世纪整个50年代、60年代、70年代都在兰大工作。即使80年代他离开兰大后，每年也要回到兰大看看。兰大是他毕生精力投入最多的地方。他爱兰大的学生，爱兰大的教师，爱兰大的一草一木。他人虽走了，但这份情谊是割不断的。

林迪生曾留学日本，一生从事教育工作。辛安亭走后，他由西北军政委员会教育部副部长改任兰大校长。兰大多项重要工作都是在他的主持或参与下完成的，如新校址的选定和建设，重点大学地位的争取和确定，多名著名教授的聘请和委任。朱子清、刘有成、徐躬藕、吕忠恕、赵俪生等，都是经过他的争取而到兰大任教的。

林迪生中等身材，背微驼，说话时总是带着微笑，说起话来带有浓重的浙江乡音，慢慢的，软软的。他给我的印象是和善、朴实，毫无锋芒。但在工作中，他是个外柔内刚的铮铮铁汉。在1957年的“反右”运动中，他是兰大唯一持不同见解的人，他反对在学生中划那么多右派，反对给一些教授戴右派的帽子。当然在当时的情况下，他的支持者太少，力量太悬殊了，兰州大学还是错划了一大批右派，但无论如何林迪生还是表达了他的意见，而且坚持到底。但到后来他本人也未能幸免，受到了批判，被剥夺了工作的权力。

在“文化大革命”时期，有一次我和林迪生同台接受批斗。不管造反派提出什么问题，用什么言辞，他都不愠不火，只用简单的语言回答有或没有，态度始终平和如一。批斗完了，我俩一起走下台，我发现他的身体左右晃动，赶忙扶了他一把。我震惊了，他的手那样有力，那样硬，像钢铁一样，我感到他胸中正燃烧着满腔怒火。这就是林迪生，这就是绵里藏针的林迪生。

林迪生对年轻人始终抱着爱护、原谅的态度。除了平时他对学生的关怀外，有一个突出的事例让我难以忘怀。也是在“文化大革命”中，有一次批斗会，他被人从楼梯上推了下来，胸部和肘部等多处骨折，面部青肿，在床上躺了两个多月。但他始终不谈是哪个系、哪个班级的学生把他推下来的。有一次我向他问起这件事，他只说了一句：“我们有责任啊!”就是说我们没有把学生教育好，没有尽到教育者的责任。这是何等的胸怀啊！但对有些人他是不能原谅的。当时兰大有一位副校长，多次在学校制造事端，在“文化大革命”中继续给林迪生编造不实之词。对这样一个人，林迪生针锋相对，寸步不让，每当两个人共同出现在一场批斗会上时，林迪生都会一改平时的态度，声色俱厉地进行批驳。当时很多人不明白，林迪生在这一场合怎么变成了另外一个人？我想这就是爱憎分明吧。

江隆基

江隆基是 1958 年年底调到兰大的，1966 年夏被迫害去世，共工作了 7 个年头。与前两位领导相比，他是在兰大工作时间最短的一位，不过他是领军人物。如果只有前两位领导，兰大还不足以确立在全国大学中的地位，不足以与名校比肩，就像是画龙点睛，他就是那个点睛人。

1958 年，江隆基到兰大之初，“大炼钢铁”的高潮才结束，到处是高炉的踪迹，“大跃进”“公社化”的余威尚未全退，各种各样的活动仍冲击着学校的工作。1959 年上半年虽稍微好了一点，下半年又搞起反“右倾”运动，继续呈现很紧张的局面。1960年又是“技术革新、技术革命”运动，大搞超声波、半导体、管道化和远缘杂交，以非理性的态度对待科学研究。他虽然看到了问题，做了不少调查研究，但无力扭转局面。伴随着这种局面而来的是粮食的短缺。学生吃不饱，教师也挨饿，浮肿现象出现了，师生中普遍出现了不安的情绪。

任何事物的转变都是需要一定条件的。1962年中央召开了“七千人大会”，不久又公布了“高教六十条”，这就给江隆基创造了一个发挥才能的机会。他首先调动人的积极性，调整干群关系、师生关系、青老关系，给一些人恢复名誉，摘掉帽子，安排工作。有些人他亲自登门道歉，提倡拉拉手，各自多作自我批评，把责任揽在自己身上。其次，整顿教育秩序，停止各种评比活动，限制总支和支部的权力，不允许随便停课，不经请示不许批判个人。重新制定开学、放假、考试和作息时间等制度，压缩劳动时间。每天上课前他都要在教室前看一看，看是否都按时上课了，有没有不开课的。有时他还亲自走入教室和学生一起听课。第三，抓教学质量。他提倡“好教师上第一线，老教师上第一线”。在他的努力下，多年受排挤的、有经验的教师都走上了讲台。各系的开课计划都要经过严格的审查，凡是安排不当的都要调整。第四，抓科学研究工作。对高等院校来说，科研与教学是互为因果的，如果没有高质量、创造性的科研工作，教学质量是提不高的；如果只抓科研工作而忽视教学工作，那也失去了传道授业解惑、培养人才的意义。江隆基很好地处理了这两者的关系。在安排好教学工作的前提下，他着力抓科研工作，恢复了一些停止已久的科研项目，帮助一些教授改善实验条件，拨足经费，配备助手，建设有机、细胞、核物理、磁学等重点实验室。经过这一系列措施，学校各项工作走上了正轨，教师有了自己的教学和研究工作，学生有书读了，出现了安定和谐的局面。从北大刚调入兰大的教师叶开沅说："想不到在西北这个地方，还有这样好的教学和科研环境。"这可能就是对当时江隆基领导的学校工作的真实评价。事情就是这样，仅这几项措施就把学校秩序稳定下来了。人们的主观愿望必须符合客观需要的要求，江隆基的几项措施正符合了当时的要求。经过长期的运动，教师要教书，学生要学习，人心思定呀！

抓住这点也就抓住了人心，学校的秩序也就恢复了。在这段实践的基础上，他提出了著名的"高等学校八条工作经验"。这是江隆基教育思想的概括，也是他多年从事教育工作的经验总结。

写到这里，我不能不谈江隆基的人格魅力。他是一个正直的、敢于直言的人，是一个有良心的知识分子。他从北大调到兰大，实际上是一种惩罚，是流放。原因是他在北大"反右"运动中表达了不同的意见。他认为有些教授虽然说了一些错误的话，但并不反党，不应被划为右派；有些学生出于无知，做了一些错事，也不应被划为右派。更为严重的是，当陈伯达发表《为建设共产主义新北大而奋斗》一文时，他发表了不同意见，认为“没有共产主义的物质基础，怎能建筑共产主义的上层建筑?”并拿起电话把自己的观点告诉了陈伯达。陈伯达虽然口头客气，说“可以讨论嘛”，但心怀不满。而康生则直接得多，他说江隆基“思想僵化”“严重右倾”。“反右”还未结束他就遭到了批判，并被调离北大，到偏远的兰大任职。江隆基是个不屈服的人，他到兰大仍然不改过去的作风——实事求是、不畏权贵。他常说的一句话是：“我是吃西北老百姓的粮食长大的，应当好好为人民服务。”如果说江隆基在学校的治理上取得了成绩的话，那么这些很大程度上是来自他人格的魅力，因为师生相信他是正派的人、无私的人，是一心努力办学的人。我个人认为，如果把江隆基的教育思想、政治修养和道德品质相比较的话，道德品质才是第一位的，是最值得怀念的。

正当江隆基的教学改革取得一定成绩之际，1964 年春节，毛泽东主席发表了春节谈话，对教育工作进行了严厉的批判。他认为当前的教育是拿学生当“敌人”，“搞突然袭击”，提倡“少而精”“开卷考试”。整个教育界又处于茫然状态，大家都不知道该怎样办学了，学校工作只是靠惯力缓慢前进。紧接着开展了“四清”运动，“文化大革命”也开始了，教学改革工作彻底停止了，江隆基也屈死在这块他为之奋斗多年的土地上。

历史的车轮在飞速前进，不久将迎来兰大百年校庆，回忆这些往事，既是尽一种责任，也是表达一种希望。希望兰大更加辉煌，出现更加耀眼的领导人；希望有更多的科研成果、更高的教学质量，为国家培养出更多的栋梁之材。

（摘自《读者》2009年第19期）

常沙娜：敦煌的女儿

苏　蓉

午后的阳光透过窗玻璃静静地洒在客厅的墙上，窗台上绿色植物的影子在白色墙壁上勾出复杂的轮廓，环绕着墙角落地灯罩的影子，如一幅静物画。这里到处是植物，暗香浮动。

常沙娜的家如同她的人，有一种祥和与静谧，轻声慢语中，70年前尘旧事像手卷画轴慢慢舒展开来，恍若昨天。

被妈妈抛弃的小女孩

1998年，时任中央工艺美术学院院长的常沙娜出访法国，离开 60 年之后，她再次踏上了这块出生之地。

在法国里昂，无论是路牌还是公交车上，到处都能见到她的名字“Saone（沙娜）”。那是爸爸妈妈为纪念她的出生地里昂而为她起的，Saone（阴性）和 Rhone（阳性）是孕育了里昂城的两条河的名字。里昂之行让她想起了爸爸妈妈的过去。

如果不是 20 世纪 30 年代爸爸常书鸿在巴黎塞纳河边书摊上的一次偶遇，常家人的命运可能完全是另外一种样子。

那时候，常书鸿留学巴黎高等美术学院，作品连续 4 年获得当时法国学院派最权威的画廊巴黎“春季沙龙”的金、银奖，前途不可估量。常沙娜的妈妈是江南才女，雕塑家，和丈夫双双在法国求学，1931 年在里昂生下女儿便和丈夫一起去了巴黎。整整 7 年，她已经完全适应了法国的生活。但是，她的丈夫常书鸿偏偏这个时候在书摊上发现了《敦煌图录》，第一次知道了在中国甘肃有个敦煌莫高窟，第一次在图录上见识了从北魏至隋、唐、宋历代佛教艺术图画。常书鸿被震撼了，从此魂牵梦萦不能自已，终于不顾妻子的阻拦，于 1936 年回到了祖国，在北平艺术专科学校当教授。第二年，妈妈带着 6 岁的常沙娜回国与爸爸团聚。

经历了战乱轰炸，颠沛流离，1942 年常书鸿被推选为新成立的敦煌艺术研究所的筹委会副主任，决定带领全家进驻敦煌。那是父母的又一次冲突，两人激烈争吵，妈妈拒绝的理由是儿子才两岁，体弱多病，“到那个天寒地冻荒凉彻骨的地方该怎么活啊！”但爸爸决心已定，妈妈只好哭着让步了。

1943年10月，常书鸿带着妻子儿女乘着敞篷大卡车从重庆出发，一个多月以后才抵达兰州。常沙娜记得妈妈那时身穿火红的棉旗袍，烫着当时流行的鬈发，在那个寒冷的西北城市冻得直打哆嗦。爸爸给她买了一件厚厚的羊皮袄。妈妈穿上散发着羊膻味的羊皮袄，身上虽然温暖了，“心里是很难过的”。

在常沙娜的记忆中，妈妈虽然总是和爸爸争吵，但最终多是妥协的。她摩登、爱美，性格开朗，和爸爸的朋友们很玩得来。刚到敦煌，妈妈对莫高窟的壁画还是很有热情的，但时间长了，爸爸整天忙于工作，有时在外受了委屈还要回家发泄，“他急躁，没有很好地安抚我妈妈”。

父母的争吵终于在1945年的一天结束了。那一天，妈妈走了，她受不了没有蔬菜，天天吃加点醋加点盐的面条，受不了茫茫戈壁低矮的黄泥小屋，更受不了丈夫全身心扑在敦煌壁画上。她和一个国民党退役军官，来敦煌艺术研究所做行政工作的浙江同乡一起离家出走了，抛下了3个伤心的人——她的丈夫和一双儿女。

爸爸只好把在酒泉读中学的女儿叫回了敦煌，照看比她小10岁的弟弟。每天，常沙娜除了带弟弟、操持家务，还要完成爸爸给她订的学习计划，练字、学法语、看文学名著……过早承担了家庭重担的常沙娜懂事听话，愿意做一切爸爸希望她做的事情。而每天出入洞窟，那些壁画美妙的线条和色彩也一笔笔进入她的心里。有时爸爸临摹，她帮忙提水，爸爸会一边画一边告诉她从哪个角度画最好。看到女儿对画画越来越有兴趣，常书鸿开始有意识地选择不同朝代的代表作让女儿临摹。

敦煌莫高窟壁画中的精华之一是《北魏佛本生图》，后来有人说，常沙娜小小年纪就能把那些佛教中的造像画得那样好，不仅仅是技术上的临摹，更有精神上的呼应——一个被妈妈抛弃的小女孩儿，一个心灵纯净的少女，坐在昏暗的石窟里，每一笔的描摹都有她自己对美和宗教的理解。

1946年，因国民党要停办敦煌艺术研究所，常书鸿回重庆述职，宣传敦煌石窟保护、研究的重要性，途经兰州，举办了一场以敦煌壁画摹本为内容的“常书鸿父女画展”，引起轰动。一位加拿大籍美国人叶丽华当即表示，愿意在适当的时候资助常沙娜到美国深造。两年后，常沙娜果然成行。

在常沙娜去美国的前一年，爸爸又结婚了。事先孩子们只知道爸爸去兰州办事，后来，常沙娜收到爸爸的一封信，说要给他们带个妈妈回来。“我那时候很木，就是个小孩子，觉得只要是爸爸做的事情，那一定是对的。”继母来了，“对我们还不错”。但一年后，常沙娜去美国读书，而弟弟则被寄养到已经有7个孩子的杭州伯父家。

那天，爸爸带着弟弟一起到机场送她。爸爸一直在跟她讲自己当年在法国是如何奋斗的，一个人目标明确以后就一定要努力。弟弟在一旁哭成泪人，看着姐姐要离开，哭喊着说：“姐

都督夫人供养图

姐，千万别扔下我，姐姐……”对年幼的弟弟来说，姐姐就是妈妈，哄他睡觉，送他礼物，生病的时候，姐姐还会把小玻璃瓶放在怀里保温，喂他吃药……常沙娜的眼泪喷涌而出，一上飞机就大哭起来。从此在她年轻的心里留下了一个难以磨灭的印象：继母来了，我们两个孩子都得走。唯一令她感到安慰的是，爸爸有人照顾有人陪伴有人一起共患难了。

新中国成立初期，常沙娜在美国著名的波士顿美术博物院美术学院刚学习了两年，就随一批进步的中国留学生回到了祖国。她甚至没有拿文凭，也没有跟爸爸商量。但爸爸没有责怪她，他能理解，当年他不也是这样义无反顾地回国的吗？爱国是两代人共同的心结。

差不多二十几年的时间，她的生活中不再有妈妈的影子。由于受爸爸的影响，她和弟弟对妈妈多有怨恨，弟弟后来再没有同妈妈有过任何联系。

1964 年，在中央工艺美院工作的常沙娜带学生去杭州实习，见到了大伯。大伯问，沙娜你要见见妈妈吗？大伯告诉她，妈妈离开敦煌后就回了杭州老家，后来嫁的那个国民党退役军官在监狱里病故。不久后她改嫁给一个工人，生活很苦，靠在街道帮人洗衣服当保姆为生。在杭州有很多她和常书鸿共同的朋友，但无论遭遇多大的困难，她都躲着他们，决不求助。常沙娜回答大伯，我想见她。

眼前的妈妈实在让她无法与那个留法的女艺术家联系在一

起。“她已经完全变了一个人！她以前喜欢化妆，天天都要画眉毛的，可现在面容憔悴。”母女二人在相隔二十多年后相见，谁也没有掉眼泪。妈妈脸色苍白，声音凄惨：“一失足成千古恨，这是上帝对我的惩罚。沙娜我对不起你，但你不能埋怨我一个人，你爸爸也有责任。”

恨意在悄悄消解，长大的她已经能够理解当时的处境对一个大家闺秀有多难，妈妈能在那里待两年已经很不容易了。这次见面，她没有告诉爸爸，但从此以后，她每个月给妈妈寄 20 元钱，直到因“与反革命家属划不清界限”受到批判，不久与学院全体同事下放农村。“文化大革命”整整 10 年，母女失去了联系。

事实上，常沙娜已经习惯了没有妈妈，习惯了不想妈妈，但妈妈的命运让她无法忽视。“文化大革命”后，她忽然收到妈妈的一封信，信里说自己很苦，是上帝的继续惩罚……信很短，字迹也歪歪扭扭，“像没有文化的人写的，甚至语句都不太通顺”。常沙娜没有回信，只是按照来信地址又开始恢复给妈妈寄钱。每次收到钱，妈妈都会来信，告诉她这些钱花在了什么地方：买了一个暖水袋或两袋奶粉，感谢女儿在关键时刻帮助她。常沙娜从不回信，“因为实在无从说起。我只能用这样一种简单的方法和她联系”。

这样的联系以妈妈心脏病发作猝死而结束，她很难过，至此才把妈妈的事告诉了爸爸。爸爸很吃惊，问妈妈是怎么去世的，听完以后却没有吭声。过了很长时间，爸爸又反复问到妈妈的死因。常沙娜这才知道，爸爸心里一直想着这件事呢。

“再后来伯父伯母也去世了，我爸爸也不在了。就这样，一代人的故事也就走过去了。”

像爸爸一样对美好始终坚持

成年的常沙娜虽然很少有机会和父亲深谈，但父亲却影响了她的一生。“他从没有说过你应该怎样不应该怎样，也从没有明确设计过我的未来，他对我的影响是潜移默化的。”父亲对这个女儿是满意的，两人经常通信谈对各种事情的看法和观点，仿佛志同道合的朋友。

杭州有句话叫“杭铁头”，爸爸经常这样说自己，想干的事情不管有多苦，非干到底不可。当年如果不是爸爸坚持去敦煌，恐怕那些壁画就很难留下来了。当地人求神拜佛，挖土烧香，人为与自然的因素使洞窟一天天被破坏。是爸爸带着研究所的同人在艰苦的环境下尽力维护，在那里修围墙、做研究，一待就是几十年，是名副其实的“敦煌守护神”。而爸爸给她最重要的传承是“敦煌精神”，“就是对中国历史艺术的保护、研究，是一种时代的责任感”。

中华人民共和国成立以后，为进行爱国主义教育，周恩来总理提出要在故宫午门城楼上举办“敦煌艺术展览”，在常书鸿和常沙娜陪同钟爱敦煌艺术的梁思成、林徽因夫妇看展览的时候，梁氏夫妇提出要把刚从美国回来的常沙娜推荐到清华大学营建系，协助林徽因一起结合敦煌艺术，探索中国传统图案的运用和创新。

当年为迎接在北京举办的“亚洲·太平洋区域和平会议”，常沙娜参加设计了很多送给外国首脑的景泰蓝礼品，设计灵感大都来源于敦煌壁画，礼品大受欢迎，被称为“代表了新中国的新礼物”。20 世纪 50 年代末，常沙娜还参加了人民大会堂、民族文化宫等“十大建筑”的建筑和装饰设计，其中，人民大会堂宴会厅顶部的天花板设计，常沙娜采用的就是敦煌唐代装饰风格的图案，这一设计成为敦煌艺术运用于现代建筑的典范之作。

至今常沙娜还留着父亲 1980 年写给她的话：“沙娜，不要忘记你是敦煌人，应该是把敦煌的东西渗透一下的时候了。”

在中央工艺美院工作 50 年，常沙娜带着教师深入民间采风，了解中国传统文化的渊源。在敦煌莫高窟，他们用一个月的时间分类收集整理了历代壁画、彩塑人物服饰上的图案，当时任敦煌文物研究所所长的常书鸿给了他们很大支持。1986 年，这一资料成书为《敦煌历代服饰图案》，常书鸿亲自题写书名并作序。

中央工艺美院是全国唯一的一所独立、健全的艺术设计教育的最高学府，培养了中国几代艺术设计人才。常沙娜从 1983 年起任院长，整整 15 年，中央工艺美院得到了前所未有的发展，毛主席纪念堂、钓鱼台国宾馆、中南海紫光阁、北京饭店、国际贸易中心等建筑的室内、陶瓷、染织、装饰设计都是他们的手笔。

从这所学校毕业的一些学生说，常沙娜在他们的心中是一尊艺术女神。他们景仰她，因为她的作品，也因为她个人美丽而高贵的气质。

常沙娜爱花，爱画花，她在她的《花卉集》中说："为了捕捉大自然中形态各异的花的风姿和色彩，留下各种绮思的记忆，丰富我对装饰图案的情趣，我用了几十个春秋寒暑不间断地绘录了一批'花'的形象。它们与人一般，有着各自的性格和容貌，有清淡素妆的，也有艳丽浓妆的；有纤细秀丽的，也有粗犷淳厚的。它们都毫不掩饰地真诚地展示着自身的特征，为我提供了再现美的灵感和素材，这大自然纯真的写照是我思绪变化的记载，也是我对大自然美的憧憬。"

无论经历多少磨难，常沙娜对世界的感受力最强的那部分永远是美，是艺术。即使被下放农村，她都为野地、菜园里不起眼的小花儿所感动，"这些花儿默默无闻地开得这样纯真好看，花、叶的形态和色彩配置得如此得体，富有天然完美的装饰性。"

她的艺术思想与父亲的一脉相承，那就是对美好始终如一的坚持。

（摘自《中国妇女》2007 年第 14 期）

致　谢

四月芳菲醉，人间仲春时。在这个充满诗意的季节，陇原大地春意盎然，如诗如画。继三月成功推出《读者丛书·国家记忆读本》之后，我们步履不停，继续前行，又策划了第四辑“读者丛书”《人文甘肃读本》，献给我们生活的这片热土和我们一直深爱的读者。

陇原大地，历史悠久，人文丰厚，“丝绸之路三千里，华夏文明五千年”是长期以来人们对甘肃人文历史形成的深刻记忆和印象。而甘肃历史文化的厚重和悠久也使得它似乎缺少了一种现代的灵动和朝气。为了打破这种印象，也为了让读者更加了解甘肃、了解甘肃历史人文，我们在编辑《人文甘肃读本》的过程中试图转换一个新的视角，以名人、名家的视角去看甘肃人文历史，以艺术和文学的触角去抚摸陇原大地，让读者感受一个不一样的甘肃。丛书围绕甘肃人文历史这一主题，从各种图书、报刊、网站上精选了100多篇名人、名家书写甘肃的名篇，让读者在纯粹而轻松的阅读中了解人文甘肃，走进陇原大地。

在丛书的策划、编辑出版过程中，得到了读者出版集团、读者杂志社领导的多方指导和帮助，在此深表谢意！与此同时，丛书的编选也得到了绝大多数作者的理解和支持，他们对作品的授权选编和对丛书的一致认可使我们消除了后顾之忧，对此我们表示诚挚的谢意！尽管我们尽力想同各位作者取得联系，但由于各种原因依然未能联系到部分作者，对此我们深表歉意，也请这些作者见到图书后与我们联系。我们的联系方式是：甘肃人民出版社（甘肃省兰州市读者大道568号，730030，联系人：李依璇，13893216265）。

人间最美四月天，在这美好的仲春时节，《读者丛书·人文甘肃读本》的出版发行让我们这些出版人感到无比欣慰和激动，因为这是我们献给我们生活的这片土地和我们热爱的读者的最好礼物！

读者丛书编辑组

2019年4月